El paraguas rojo
The Red Umbrella

EL PARAGUAS ROJO
THE RED UMBRELLA

Rosa Serra Sala

Número de Control de la Biblioteca del Congreso de EE. UU.: 2021924943
ISBN: Tapa Dura   978-1-5065-3938-6
            Tapa Blanda   978-1-5065-3937-9
            Libro Electrónico   978-1-5065-3936-2

Textos y fotografías de la autora.
Autor de la portada a cargo de Hideki Yuyama.
Edición de las fotografías Ramon Monpió.
Doina Helping to communicate.

Esta es una obra de ficción. Los nombres, personajes, lugares e
incidentes son producto de la imaginación del autor o son usados
de manera ficticia, y cualquier parecido con personas reales, vivas o
muertas, acontecimientos, o lugares es pura coincidencia.

Información de la imprenta disponible en la última página.

Fecha de revisión: 27/12/2021

Para realizar pedidos de este libro, contacte con:
Palibrio
1663 Liberty Drive
Suite 200
Bloomington, IN 47403
Gratis desde EE. UU. al 877.407.5847
Gratis desde México al 01.800.288.2243
Gratis desde España al 900.866.949
Desde otro país al +1.812.671.9757
Fax: 01.812.355.1576
ventas@palibrio.com
827639

DEDICATORIA

A Hideki Yuyama gracias por su atenta lectura, las
necesarias y concisas correcciones, y por su sinceridad.
A Montse Monfort, por la confianza y la alegría de su
apoyo.

PRESENTACIÓN

¿Cuánto aguanta el dolor en el cuerpo sin doler? No lo sé. Nos convertimos en desierto de arena o de nieve, simplemente para sobrevivir.

La protagonista padece situaciones de intensa gravedad. Conoce el increíble arrastre y severo poder del hundimiento. Será después de su rescate cuando comprenderá, con lucidez, que el naufragio la había salvado.

El paraguas rojo es una novela de contrastes, matices y enigmas. Es, por tanto, un enjambre de dudas.

ÍNDICE

Dedicatoria vii
Presentación..ix
Capítulo I. El Sendero.. 1
Capítulo II. La Cabaña 4
Capítulo III. Él 10
Capítulo IV. La Noche.. 15
Capítulo V. El Baño.. 19
Capítulo VI. La Acogida 23
Capítulo VII. Su Infancia 27
Capítulo VIII. Recuerdo.. 31
Capítulo IX. El Desprecio... 35
Capítulo X. Viaje Por Mar 42
Capítulo XI. Ellos 48
Capítulo XII. Como Luciérnagas 51
Capítulo XIII. Ellas 55
Capítulo XIV. Pasos Sobre La Nieve 60
Capítulo XV. Enigmas.. 66
Capítulo XVI. La Gran Casa 70
Capítulo XVII. El Encuentro 77
Capítulo XVIII. El Séptimo Mes................................... 80
Biografía 179

Capítulo I

EL SENDERO

De unos montes altísimos, poblados de cedros a cada lado del camino, desciende el aire frío del bosque cerrado y abundante. Se oye, a lo lejos, la percusión del hacha contra el tronco, unos golpes secos y firmes que aseguran, más o menos en poco tiempo, la caída de un árbol. El aire habitado por el aroma del pino es agradable porque le recuerda que se acerca a su hogar: una cabaña aislada en un claro del bosque, iluminada por la luz solar entre la oscuridad febril, sombría y conocida.

Sigue el hacha abriéndose paso en el tronco. Viene de la plantación más cercana a la aldea, en los márgenes suaves y accesibles del bosque donde se cultivan árboles a la manera del *daisugi* en la que no es necesario cortar el cedro de raíz, solo es una tala. Estos cedros tienen el tronco robusto y las ramas se levantan airosas como candelabros. Cada uno es como un inmenso bonsái, sin perder un ápice de su belleza, y se conserva el árbol gigantesco y útil para generaciones venideras.

Así se obtiene madera recta, uniforme y sin nudos;

muy útil para muebles y para la construcción de los techos de las casas que soportan, con firmeza y regularidad, la espesa capa de paja del cereal. Tienen que ser armaduras sólidas y ligeras para este techado con el que, desde antaño, se construyen las viviendas. Son cubiertas frescas durante el verano y, en invierno, aíslan de la lluvia; sobre todo de la nieve, muy abundante en el norte de la isla.

El viento despeja el aire y se agitan las ramas y las agujas verdes, más firmes unas y más oscuras otras. Caen al suelo, como el revuelo de una mariposa, girando envueltas en el aire otoñal.

Cuando ella llega a la roca, de la que mana siempre un riachuelo de agua fresquísima, gira a la izquierda y sigue el camino, cada vez más estrecho, hasta llegar a una frágil cancela de bambú que indica su breve espacio y su levedad.

Capítulo II

LA CABAÑA

El sol ilumina aquel solar que consta de un pequeño huerto a la izquierda y, a la derecha del camino, un jardín, donde cada mata de flores está rodeada por un círculo de piedras blancas acarreadas desde el río. La entrada está custodiada por una piedra muy desgastada con un pomo. Es un antiguo farol.

Al otro lado se percibe un antiguo tronco esculpido, un tótem ainu. Es un arte figurativo en el que permanecen esculpidas imágenes sobre los valores importantes de los habitantes de la isla de Hokkaido —un nombre japonés que significa «camino del mar del Norte»—. Los tótems, estos troncos de cedro, estas esculturas antiguas sobre el árbol, significan el paso de las personas por la naturaleza, habitándola sin destruirla. A través de estos perpetúan el significado de pertenecer a la naturaleza, al bosque, a la montaña, a los ríos; espacios de vida que se concretan a través de sus símbolos. El tótem fortalece la unión entre los habitantes de la aldea y los habitantes de la isla, y establece un vínculo entre ellos y el aire, la tierra, el agua y el fuego. En la parte superior hay la figura de un oso, adorado y temido. Dos figuras del rostro humano, pintadas, aunque algo gastadas por el musgo y la humedad. Eran los antiguos tótems que en japonés llaman *ezo* y en ainu significa «hombre». Palabras de un idioma antiguo ancestral que son las raíces de las personas en el paisaje. Una presencia habitada en las zonas boscosas de una isla cubierta de nieve donde se encuentra la vida natural como la recolección de frutos y cereales, la caza de ciervos, la pesca del salmón; la artesanía de la cerámica y la vida en el bosque; y la cacería de focas y ballenas con arcos y flechas. Un lugar sin la presencia de armas por la ausencia de signos de guerra en su cultura y carácter. Ha sido la base para su existencia y, a través del tiempo, se han visto enriquecidos por los extensos cultivos de arroz.

La cabaña está construida a modo tradicional de la antigua cultura ainu; es como las *chise*, hechas de cañas y madera. Es un solo cuerpo dedicado a la vivienda. Un gran porche y un tejado muy alto e inclinado para proteger la vivienda y aislarla del calor y del frío; protegerla de la lluvia y de la nieve. La planta baja se divide en dos piezas con dos entradas. Por una de ellas se accede a la vivienda. Por la otra, al taller. Esta construcción es más nueva, puesto que ella la ha conseguido cerrando el amplio porche lateral y convirtiéndolo en habitación para albergar el obrador donde construye y pinta sus faroles. Esta parte se ve más moderna puesto que es más actual que la primera, que se construyó con anterioridad.

Al entrar en la casa, hay un pequeño mueble de bambú con unas imágenes para el rezo, las barritas que emanan el aroma de la oración y un cuenco con agua limpia. Una vez cerrado, alberga el cuerpo central de su hogar: la cocina con el fuego. Aunque solo tiene lo básico, está bien equipada: desde el fogón situado delante de una ventana, a un lado, hay los cuencos para el arroz y *saibashi*, los palillos de bambú o madera, largos para cocinar sin quemarse. Colgadas están dos cacerolas y sus respectivas tapas. Al otro lado, un armario con la puerta tejida de bambú: es una fresquera donde guarda la comida que sobra. Unas estanterías guardan los paquetes de fideos para el *ramen,* la exquisita sopa de pollo, costilla de cerdo, aceite, salsa de soja y caldo. Un cuenco de azul añil con pescado seco y el jengibre fresco. Un bote con sal.

En medio de la cocina, se encuentra una mesa baja para poder comer. El *kotatsu* es la mesa baja con brasero y futón para mantener el calor en las casas durante el helor del invierno. Si se cierra la puerta, queda al lado del recibidor, así que puede servir para tomar el té cuando ella recibe visitas. Es un recinto austero, útil; con todo lo imprescindible. Todo el espacio respira el sabor tradicional, muy pocos muebles, limpios y arropados por una tenue oscuridad. El suelo forrado de estera hace del andar un paso silencioso y calmado; excepto un pequeño espacio del recibidor que se mantiene sin tatami para el cambio del calzado y para mantener la higiene interior del hogar.

Ella ha ampliado el interior de la casa con un pequeño altillo como tenía en la casa de su infancia y más pequeño que el piso de la casa de los pescadores, adaptada a los enseres de la pesca en el mar y en el río. La escalera que sube desde la planta baja llega al primer piso, que está bajo cubierta y no tiene barandilla. El hueco de la escalera goza de una puerta levadiza horizontal de madera que se abre con la mano apoyada en ella a la altura de la cabeza. Una vez se accede arriba, se abre y luego se cierra al salir todo el cuerpo, porque la portezuela encaja perfectamente. Queda un espacio seguro para poder moverse y caminar por encima con total seguridad. Esta planta se divide en dos espacios. El que tiene el acceso de la escalera es un espacio diáfano y ella lo utiliza como almacén para guardar los farolillos y las linternas, una vez terminadas, y así las puede subir y bajar cómodamente por el hueco de la escalera. De esta manera quedan protegidos del viento y del humo que puede esparcirse del fuego para calentar y cocinar.

Al fondo, está el otro, separado por una puerta corredera de papel blanco con el dibujo de una grulla. Es una pequeña habitación preparada para poder descansar de noche. Este espacio coincide con la cocina de los bajos de la casa. Está encima, así que el calor de los fogones calienta la atmosfera, sube al primer piso y caldea el ambiente, que resulta más templado en los rigurosos días de invierno. En verano, se resuelve abriendo las dos ventanas de la planta baja por donde circula el aire fresco del bosque. El tejado es inclinado y tiene un boquete por el que puede salir el humo, a modo de chimenea.

Al volver a casa, antes de instalarse en la cocina, ella deja la túnica en la entrada y enciende el incienso que perfuma el recinto con las oraciones de bendición. Después, cambia su vestuario por una ropa más cómoda: una bata, atada a la cintura con un cordón sencillo, de algodón sin teñir ni decorar. Un algodón desnudo. Entonces, se prepara la frugal comida.

Había empezado a preparar el té y en estas estaba..., cuando sonó la campana de la entrada. Se levanta y cierra la puerta que aísla la cocina del resto de la casa y se dirige hacia el recibidor. Mira por la ventana entornada y protegida por una persiana de papel, con marco de bambú, donde hay una manecilla que le permite abrir a discreción para ventilar la casa y mirar al exterior. A la izquierda de la puerta hay un par de zapatos *geta* de hombre.

Capítulo III

ÉL

Cierra la ventana. Se cambia el calzado de casa por unos *zori*, que son más elegantes, para recibir. Se coloca una pequeña capa que le cubre las espaldas y le recoge más su cuerpo.

Se acerca a la puerta de entrada y mira al exterior. El visitante se mantenía arrodillado sobre la madera del pequeño porche con la cabeza inclinada y los brazos extendidos, la frente junto al suelo, un gesto de aceptación y de renuncia. Una forma tradicional de saludo y espera.

Abre la puerta de su casa y, a su alrededor, solo está ese elegante varón de rostro aún desconocido.

Se mantuvieron esperando mutuamente un tiempo, durante el cual el silencio les dio la bienvenida. La brisa que respiraba entre los pinos del bosque pareció hablar con firmeza porque dejó entrar unos pequeños y nítidos rayos de sol que, en movimiento, parecían los destellos de una estrella.

Un saludo breve por su parte dio por finalizada la introducción. Él se incorporó y con él crujió su elegante ropa decorada con figuras geométricas. Era el estilo del vestuario ainu que aún se conservaba en las zonas boscosas remotas de Ezo. Al levantarse, ella pudo percibir su prestancia y su impactante presencia. Por la seguridad en sus formas, por su ropa, por el abundante cabello castaño y ondulado perfectamente cortado y recogido, lo invitó a pasar a su casa. Él lo hizo.

Les acogió la penumbra del recibidor. Una opaca sombra se reflejaba en las esquinas que dan a la habitación, un aspecto de óvalo, como un universo.

Se acomodaron uno frente al otro. Ella, sentada sobre sus pies, al estilo *seiza,* le invitó a tomar un té. Volvió sobre sus pasos y se acercó a la mesa, frente al señor sentado con las piernas cruzadas delante de él. Acercó la tetera levantando la manga levemente y llenó las dos tazas.

Con las manos sobre las piernas se saludaron con un breve movimiento. Fuera soplaba el viento que removía las cabezas de los cedros. Dentro, el rumor del silencio se mezclaba con el humeante té sobre la mesa. Se acercaron la taza a los labios y lo sorbieron, lentamente.

Él dejó la taza y la apartó un poco. En su lugar dispuso una caja cuadrada de color negro atada con un lazo de seda rojo. Lo desató y la abrió. Su interior también era del mismo color, de seda, y en él había una sortija de oro con una piedra transparente que brillaba como un rayo de luz y, ante sus ojos, cruzó el aire un destello fugaz. Se la ofreció con un leve movimiento de cabeza que le sugería aceptarla. Él habló con voz tranquila.

—Este es el regalo que he recibido por aceptar cortar el cedro más grande e importante del bosque. Una sortija por un cedro.

Ella se quedó mirando la sortija y luego las manos masculinas. No era leñador, ni pescador, ni comerciante. Aquellas manos podían acariciar seda, pero no troncos. Entonces, ¿qué buscaba entre los cedros? En su soledad, había aprendido a conocer el bosque: sus sombras, sus ruidos y su misterio. Aunque ella tampoco era leñadora; pero él ya lo sabía. ¿Quién lo había enviado con aquel acertijo? Para ganar algo de seguridad, cogió su abanico y lo abrió para encontrar un aliento nuevo ante aquel hecho tan importante, pero a la vez desolador. Detuvieron la conversación, para saborear un poco más de té, antes de que se enfriase. Ella aún no conocía totalmente la lengua ainu y dudaba de si había comprendido bien el mensaje.

—Creo que se equivoca de persona. Es la mujer de la nieve la que conoce los enigmas. Antes vivía aquí, pero su nuevo hogar está en la cima.

—Lo sé. Pero es aquí donde se tiene que resolver el enigma.

La luz del mediodía había pasado y la tarde ensombreció la cabaña con los troncos formidables que la rodeaban.

Desde el interior oyeron el relincho de unos caballos. Ambos se sobresaltaron un poco. Él giró la mirada siguiendo la presencia de los jinetes:

—Vienen a por mí. Regresaré en unos días para tener la respuesta.

Dejó la sortija sobre la mesa. Se levantaron lentamente y se despidieron inclinando suavemente la cabeza a la puerta de la casa.

Él se colocó el calzado. Desató el caballo del pomo

de la escultura. Subió a la grupa y se fueron. Era un pequeño grupo de hombres. Ella los vio alejarse desde la puerta y girar la curva de la roca y cruzar el riachuelo. Desaparecieron de su vista con un galope intenso.

CAPÍTULO IV

LA NOCHE

Volvió al interior de la cabaña y cerró la puerta. Recogió la sortija y la guardó en la habitación donde descansaba. Después fue a la cocina donde llevó el servicio de té y se acercó a la alacena para preparar arroz con un poco de salmón ahumado. Finamente, la noche había vencido al día.

Antes de acostarse, limpió los enseres: el bol y el juego de té. Rezó ante el altar de la entrada. Tuvo que salir de la cabaña para asearse y se desplazó al cuartito exterior para el que tuvo que calzarse unos zapatos más bastos que los de estar por casa; adaptados para andar bien sobre la tierra y el barro cuando llueve, unos *geta* sencillos, sin lacar. Al regresar, cerró la puerta de su casa, apagó las luces que aún brillaban y se acostó en el tatami que recubre todo el suelo de las habitaciones más destacadas. En la cocina, alrededor del fuego, en la entrada y en el baño no lo tenían. Aquella urdimbre de tallos de junco, cáñamo y seda era muy nueva y aún destacaba su aroma fresco y su esplendor. Protegía los bordes de estas alfombras con una tela sencilla, austera, de color verde oscuro.

Se acomodó en su pequeño espacio, después desplegó el futón y descansó el cuerpo y la cabeza en la *makuna*, la almohada. Miró por la ventana de este espacio, la de los dioses *kaimu*, donde entra lo divino. Y entró en el sueño del bosque. Solo se oía el sonido de algunas alimañas que rastreaban el suelo y lo husmeaban para buscar algún alimento escueto. Sobrevolaba alguna ave nocturna para cazar a su vez los rastreadores del suelo.

Mientras tanto la Luna se presentaba en el cielo y sus tímidos reflejos cruzaban las agujas de los altísimos cedros hasta descubrir el rostro de la cabaña donde intentaba conciliar el sueño sumida en el pensamiento deslumbrante y fugaz de la sortija y del caballero. Era una luz que antes había visto y ahora le parecía un presagio. Fue en el abismo del ahogo, como un foco luminoso que vive en el fondo del océano. No era un brillo de día, era de nocturnidad. Era una luz de final.

— ¿Quién era él? —susurró—. ¿Un noble samurái?

Se había hecho referencia a ellos, los pobladores de la aldea, aunque habitaban en otras islas, y su honestidad les precedía. Lejos, aulló un lobo —*yama-inu*—, el perro de las montañas, de los pocos que aún vivían en Hokkaido. Cerca, el silencio la venció y el sueño anhelado sobrevoló los pensamientos del día; las dudas del caballero de la sortija, el galopar de los caballos… Su pregunta de dudosa respuesta apareció como una encrucijada.

Enseguida fue de día, la Luna se había esfumado. La luz ya iluminaba el fondo de las nubes, pero tenía otra fuerza, desvelaba la oscuridad del cielo para convertirlo en un manto rosáceo y amarillo: un resplandor de vida.

Los rayos de sol tardaron un poco en atravesar las agujas de los cedros, pero al fin iluminaron la cabaña y la despertaron para iniciar el camino del día y devolverla a sus obligaciones que la mantenían unida a su existencia. Después del aseo necesario y del frugal desayuno, se dispuso a tomar un baño.

Capítulo V

EL BAÑO

El agua del riachuelo desembocaba en un pequeño estanque natural protegido de la vista de los caminantes que pasaban alejados, y aislada por una espesa plantación de cañas de bambú. Ella no tenía *ofuro,* un baño en casa. Como vivía lejos, tampoco podía compartir el baño vecinal –*sento*–, como cuando vivía con los pescadores. No era un *rotenburo,* los baños termales al aire libre; era una humilde balsa natural. Todo estaba preparado y dispuesto para que fuera un baño tranquilo y soleado de media mañana. Su presencia era compartida por los nenúfares que abrían sus magníficas flores, con pequeñas ranas que, al sumergirse en el estanque, saltaban de las hojas planas y desaparecían con un chapoteo rápido y perspicaz.

Su entrada en el agua era un regalo que la naturaleza le ofrecía. Deshizo su trenza y la cabellera se impregnó de agua; primero flotaba en la superficie y después entró en el humedal. El agua era el bálsamo para su piel y para la tranquilidad. Poco a poco, nadaba de forma tranquila y suave, como si acariciase la densidad del agua dulce.

Regresó a la orilla y se mantuvo inmóvil, serenamente quieta. Esta devoción pacífica hizo regresar la frágil estabilidad del entorno y las ranas volvieron a croar tranquilas de saberse solas. Los pájaros iniciaron sus cantos, seguros de no sentirse molestos. Ella era una flor más que emergía del agua que la había acogido desde su llegada, después del largo destierro de su tierra natal. Se sumergió en el pequeño embalse y, al salir, resbalaban por su rostro pequeñas gotas saladas. Perlas de ingenuidad y nostalgia.

Un rayo de luz iluminó la superficie del agua. Un reflejo fugaz le recordó el brillo de la sortija, lo vio dentro del estanque como si surgiera desde el fondo de otro tiempo. Pero ahora la apremiaba la visita y tenía que concentrarse en cómo deshacer el acertijo para iniciar el camino de la solución. Ese brillo le recordó su responsabilidad.

Debería visitar a la sabia mujer de la nieve que pertenecía al bosque, a sus raíces y a sus frutos. Conocía el respirar de la montaña y el aliento agotado de las almas cansadas y, tiempo atrás, le había salvado la suya. Sabría cómo se refuerza o desvanece un trato; cómo se enreda o esclarece un acertijo. ¿Por qué una joya por un imposible?

Ahora debía acabar el baño y regresar a casa. Salió del agua y secó su piel con dulzura. Se vistió y recogió su cabello después de peinarlo largamente y secarlo poco a poco para después recogerlo en una trenza de cabello negro como el azabache que había heredado de su madre, brillante y suave como el suyo. Recordó, mientras tanto, las canciones que le cantaba al peinarla. Eran momentos que dulcificaban el tormento de sus doloridos pies bien sujetos por las vendas. Una vez terminado el peinado tuvo que atender las plantas de sus pies. Estaba sentada en una roca. Los tomó, uno a uno, y acarició las dobleces de los dedos y la piel de la planta del pie que había causado el largo tiempo dedicado a evitar su crecimiento, su fractura y el endurecimiento de la nueva articulación anulada. La planta de los pies, los dedos, las uñas y la piel debían ser dulcemente cuidados. Tenía que limpiar uno a uno los dedos infantiles e inválidos; la piel doblada y apretada, para evitar que se convirtiera en un foco enfermizo. Una vez limpios y secos, volvió a vendar los pies, pero esta vez era menos estricta. Ya no estaba sometida a la tiranía del pie de loto. Ahora, poco a poco podrían ir creciendo lentamente. Ya no sería el arco perfecto, los pies de media luna. Deseaba ponerse *tabi,* los calcetines bien abrochados con el botón del tobillo y los zapatos que encajaban bien entre el dedo gordo. En las islas, su vida empezaba a respirar.

Con la ropa limpia, estuvo ya dispuesta a su vuelta a casa. Llevaba un cesto de la colada. Había lavado la ropa en el caño donde reposaba la losa que convertía aquella repisa en un pequeño lavadero. Ahora debía tenderla y esperar a que unos rayos de sol la secaran. Su paso era lento y tranquilo. Eran pasos cortos, un poco oscilantes. Un caminar frágil y titubeante le devolvía a la inmensa suerte de estar en casa.

CAPÍTULO VI

LA ACOGIDA

Fue rescatada del naufragio y acogida por la familia de los pescadores que la salvaron en el mar y la ayudaron a desprenderse de la argolla que la sometía. La ayudaron con comida, ropa limpia y descanso. La visitó la mujer de la nieve, que le curó el brazo. Quedaría cicatriz, pero con las medicinas salvaría el brazo y con la comprensión, el alma.

Su gratitud hacia ellos sería eterna. Aunque no se entendían demasiado al hablar. Pronto aprendió la nueva lengua, nuevas palabras; las fundamentales, primero, para comprender y comunicarse. Después, una vez curada, ayudó a reparar las artes de pescar. Se puso a coser suelas de zapatillas multicolores y resistentes que a los pescadores les resultaban desconocidas y amables. Puesto que ellos calzaban los *waraji*, unas chanclas trenzadas de suela de paja tejida, prácticamente irrompibles y que permiten, a la vez, tener el pie protegido y desalojar agua. Cuando faenan, se las atan al tobillo y les dan seguridad.

Ella regalaba su habilidad para bordar con hilo de seda flores preciosas en la ropa de niña, joven y mujer. Pero en lo que tenía un arte especial era en pintar. En aquel taller de sus padres donde se dedicaban a la confección, decoración de lámparas, faroles y bujías con juncos y papel decorados con pinturas; aprendió algunas palabras que se inscribían con sus signos para pintar homenajes y dedicatorias.

Cuando tenía ratos libres en la casa de los pescadores, empezó la confección de algunos de ellos y los fue regalando a la familia. Quedaron sorprendidos admirando su talento y los colgaron en las ventanas de su casa. Pronto llamaron la atención de los vecinos que se acercaron para contemplarlos. Los comentarios no podían ser mejores y los vecinos de la humilde aldea hablaron con los pescadores para encontrar la manera de tener algunas de aquellas lamparillas para sus cabañas, porque se acercaba el invierno y los días eran más oscuros y, con los farolillos, mejoraban la luz de sus hogares cuando se sentaban a cenar en casa los miembros de las familias de pescadores y artesanos que vivían en la aldea.

Para ello, no solo necesitaba espacio para un taller, sino que tenía que hablar con cada persona para saber cuál era la imagen más precisa y más bella para cada familia. Por lo tanto, necesitaba tener conocimiento de la vida que tenían. Para sus salvadores, había pintado una barca de vela con unos pescadores de manos abiertas que expresaban su valentía. Más allá de la pesca, en su corazón radicaba la compasión ante una chica desconocida, maniatada, aterrorizada por el naufragio y casi moribunda. Su inmensa bondad estaba escrita y pintada en sus manos abiertas, como su corazón dentro de una ola gigantesca y lejana. Entonces, se dieron cuenta de que su pintura era algo más que imágenes al azar. No era decoración, sino algo mucho más profundo. Algo que se hallaba en el alma de cada persona. Emanaba del fondo de su ser. Ayudaron a una esclava, sin nada a cambio. Ahora tenía una cabaña habilitada con la ayuda de los pobladores de la aldea.

Capítulo VII

SU INFANCIA

Había percibido su suave paso, mientras miraba por la ventana. Apreciaba aquella tranquila paz sin tiempo. Viendo venir por el camino a aquella mujer de andar vaporoso y humilde, pregunté a mi madre:

— ¿Quién es?

La madre se quedó en silencio ante la curiosidad de su hija y se estremeció de temor por lo que sentía. ¿Por qué la hija mayor se había fijado en aquella anciana solitaria que apareció como una bocanada sin dejar huella?

Todas las niñas de todos los hogares de todas las calles estaban sujetas al trabajo doméstico; ellas, sumidas y sumisas a sus obligaciones, sin mirar más allá de su quehacer.

En cambio, ella la veía pasar cada día cuando bajaba a la aldea y regresaba con su saquito de arroz y una raíz de jengibre.

Caminaba con la mirada clavada en el suelo con humildad, pero también con prudencia, puesto que la calle empedrada, con escalones que nivelaban la subida, no tenía el firme demasiado regular. Sus zapatos minúsculos no ayudaban a encajar entre los guijarros que salían en el camino.

La niña se desprendió de la labor que tenía entre manos y bajó las escaleras silenciosamente, desde la habitación del primer piso a la planta baja y, sin ser vista por nadie de su familia, anduvo detrás hasta llegar a la primera cuesta, la subida pequeña que se levanta como una leve frontera. Se encuentra al final de la calle y llega hasta la última casa antes de los campos y cuando el sendero es transitado por carros.

Para no ser vista, deambuló cerca de las paredes, apoyándose en ellas, sorteando los cestos que estaban en las fachadas de las tiendas. Disimulando entre los vendedores, su pequeño cuerpo se deslizaba entre los pescadores que tenían los puestos para la venta ambulante. Así, escondida y de incógnito, consiguió dejar algunas casas de la aldea atrás. Cuando la última vivienda se veía pequeña, tuvo la ilusión de andar ligera hasta alcanzarla porque sus pasos no habían perdido el compás. No sabía cómo acercarse, así que tiró una piedra a un lado del camino para llamarle la atención. El canto rozó unos matorrales que se movieron y así aparentaba la presencia de algún animal en la zarza para que la sobresaltase y la hiciera pararse en medio del camino a pleno sol. Se le acercaría con la excusa de ayudarla. Así que, una vez estuvo delante, se sintió una niña muy pequeña y se le agolparon las palabras en la garganta. Bajó la vista y se quedaron en un silencio quieto pero cercano.

— ¿Así que eres tú? —preguntó.

Era tal la seguridad y la calma que le mostró, que tuvo

la suficiente confianza para ponerse a hablar sin miedo y sin riesgo.

—Sí. Se ruborizó y se quedaron mirando fijamente aquellos ojos rasgados.

— ¿Cómo te llamas?

—Soy la hija mayor.

— ¿Tu madre sabe que estás aquí?

—No.

— ¿Qué quieres?

—Saber quién eres, qué haces... Te miro cada día cuando pasas por delante de casa.

— ¿Dejas tus tareas para mirar a la calle?

—Sí.

Ahora aparece ese recuerdo de su infancia antes del traslado en barco. Recuerda a la anciana y, en su rostro, se ve a sí misma. Como si el paso del tiempo la hubiera rozado y trasladado a otro lugar.

Capítulo VIII

RECUERDO

La niña se giró al oír el ruido rápido de una mujer que se acercaba con cara de miedo y rabia, por lo que supo que era su madre, con pasos desesperados y los ojos de hielo.

Madre e hija mayor cruzaron sus miradas.

—Creo que te buscan —dijo la anciana, que percibió la dureza del encuentro, le resultaba familiar, pero no vio más sobre aquella escena porque se giró y dejó atrás el encuentro de aquella pequeña pero significativa fuga. Siguió con paso frágil, pequeño y ligero, pero firme, su camino por el sendero que la alejaba de la aldea, de sus propios pasos y se abría hacia la montaña que la abrazaría como se acoge a un huérfano. Con el ritmo de sus pasos, sobrevolaron oscuros tiempos sombríos de su niñez. Le estremeció aquel recuerdo hostil. ¡Qué parecidas eran las semejanzas entre madres e hijas aún en lugares y espacios de tiempo distintos!

Evocó una vez cuando era pequeña y salió a la calle para conocer unos pasos que le llamaron la atención. Pero giró la cabeza al oír una voz que pronunciaba su nombre desde el otro lado de la calle. Era su madre, que voceaba desde la puerta. Salió de su casa y fue en su búsqueda. La alcanzó, la sujetó por el brazo y tiró de ella. Había puesto en peligro su futuro, el desgarro de sus pies la convertiría en alguien sucio y acarrearía una vida indigna. Solo unos pies de loto le podían garantizar un buen matrimonio y, si ella se desataba de esa responsabilidad para seguir los pasos de una desconocida, se precipitaba a lo desconocido. Su madre no la soltó hasta dejarla en su habitación del primer piso de su casa, encerrada, sin antes haberle propinado unos cuantos azotes en las piernas y luego retirarle el cuenco de comida. Su vida tenía unas pautas indispensables que cumplir. Era su deber de hija, acatar la tradición para ser esposa bien situada. Tenía que aprender a controlar el dolor porque tendría que soportar los partos y ser madre y saber vender a sus hijas. Un viejo refrán chino dice:

«Una madre no puede amar a su hija y a los pies de su hija al mismo tiempo».

Ahí se encontraba la prueba cruel en los pies, con la esperanza de que no le costara su vida. Mientras su infancia y juventud se debían a la obediencia y al trabajo constante para contribuir a la economía familiar cosiendo zapatos, bordando telas, preparando el hilado para las lámparas y su delicada trama de bambú y seda para los que se precisaban manos pequeñas y dedos ágiles. Con los pies bien sujetos, sus manos daban más de sí durante horas y horas, en lugar de mirar a la calle, salir a jugar y correr entre el fresco arrozal.

Este recuerdo tan hostil le hizo temblar las manos que apoyó en su pecho con los ojos empañados en lágrimas. Su infancia criada a la forma tradicional. Su madre necesitaba guardar la buena reputación de su hija y de su familia para crear unos vínculos firmes con la casamentera y así fuera de confianza para su entrega: la aceptación de la nueva familia a la que entraría a formar parte.

Era imprescindible que supiera todo el sacrificio que le esperaba para poder seguir con vida el resto de su existencia. Su día a día estaría envuelto de mujeres que la controlarían para siempre y con las que tendría que compartirlo todo. Por lo que, ante todo, tenía que ser una niña obediente y resignada, dócil, sumisa y libre de quejas, recluida en otro hogar para continuar dando su servicio abnegado.

Aunque, en realidad, desconocía lo que le deparaba la vida; precisamente a través de la decisión tomada por su propia familia. Lo peor estaba por venir y lo mejor también, aunque aún lo ignoraba todo. Ahora, ya en las islas donde el sol nace, podría ir encontrando las respuestas a tantos interrogantes.

¿Cómo había llegado a aquel rincón de la montaña profunda con los cedros más altos de la isla?

Se consolaba recordando ver florecer los cerezos en el valle y la lluvia de pétalos limpiaba la tristeza, la herida que le recordaba su ruina.

Capítulo IX

EL DESPRECIO

El día había amanecido oscuro. El sol tras las nubes anticipaba un temporal aún lejano y extraño que tuvo un resultado siniestro. La hija mayor estaba trabajando en la seda, bordando unas preciosas flores en una chaqueta, sobre el lado del corazón. Estaba preparando su ajuar, puesto que sus padres ya habían cerrado el trato con la casamentera.

Estaba junto a la ventana para recibir la luz directa y poder bordar con las puntadas bien pequeñas y juntas, para que no pareciera un bordado, sino la presencia de una flor natural.

Estaba en la habitación de las hermanas trabajando, en el primer piso de la casa, como siempre, cuando oyó voces en la planta baja, en la tienda y el taller de faroles donde trabajaba su padre y sus tíos menores. Pero reconoció otra voz. Era la de un hombre que hablaba muy convencido de sus razones. Mientras vociferaba, iba dando golpes a un papel como el que demostraba algo de forma muy vehemente, hasta que dio el último grito y se fue. No fue algo amable. Fue algo decisivo. Resultó implacable.

En aquel momento, entró una abeja en la habitación a través de la ventana que estaba entornada. Creó un revuelo porque su zumbido amenazaba de una picada. Se acercó a su rostro y lo dispersó con las manos. Su madre la impulsó fuera de la ventana meciendo el aire con un retal de seda del cesto. Todo volvió a la calma. Entonces ella cerró la ventana corredera de papel. Había menos luz, pero evitaban la entrada de insectos molestos. La mañana siguió su leve vuelo de mariposa hasta que el padre llamó a la madre desde el taller. Su voz retumbó por el hueco de la escalera, aunque estaba cerrada con la trampilla. Dejó la labor y bajó siguiendo la orden porque no podía desobedecer. Después de una breve conversación, oyó los gritos de la madre y los golpes a los farolillos que caían rodando por el suelo. Allí donde se encontraba su lugar de trabajo, orden y pulcritud, estalló el desorden, fruto de un acto de desesperación.

Bajó a la planta baja y vio a su madre llorando, su padre y sus tíos rodando por el taller y saliendo a la calle con gritos que apestaban.

Era mediodía y, como siempre, se desplazó hasta la cocina. Encendió la lumbre del hornillo y colocó el agua del arroz para que se pusiera a hervir.

El bote estaba en la estantería cercana a la abertura, desde donde se apreciaba el huerto con inmensas calabazas a punto para la cosecha. Se apoyó en el alfeizar de la ventana abierta para contemplar el patio interior de su casa. Las lámparas que fabricaba su padre eran redondeadas como aquel fruto naranja. Junto a ellas había un árbol.

Todo estaba en reposo, sonaba el murmullo del agua. Un silencio que parecía pacífico, pero que albergaba el más siniestro de los resultados. La calma que precede a un temporal es amenazante precisamente por la incertidumbre de su magnitud que va a desbordarlo todo. La niña inocente estaba al margen de lo que estaba a punto de estallar.

El agua arrancó el hervor y unas minúsculas burbujas se movían en la olla y luego se convertían en vapor. Dentro del recipiente, se creaba un remolino bonito porque el vapor se iba desprendiendo. Acercó el rostro para mirar en el interior de la olla y la piel de su cara se humedeció con pequeñitas perlas brillantes. Aquel burbujeo avisaba de que ya podía aceptar el arroz y la sacó de ensimismamiento.

Así que ahora cogería el bote y dispondría la cantidad adecuada para alimentar a la familia. El agua frenaría su hervor al momento, para retomarlo después. Tenía que removerla. La casa era pequeña, pero la cocina ocupaba un buen espacio, el centro de todo. El corazón del hogar.

Cogió el tarro, lo destapó y, con mucho tacto, el cereal se fue desgranando y el arroz llegó al fondo del recipiente mientras un manantial de color blanquecino engulló las burbujas. Ella tomó una cuchara larga de bambú y removió los granos para que se soltasen y se fueran empapando de agua caliente. Añadió un poco de jengibre cortado menudo con el rallador.

Colocó la tapa y controló el fuego para que al recuperar el hervor no rebosara la olla y se echara a perder la comida. Aliñó el pollo y lo puso al horno caliente. A parte, amontonó los cuencos donde serviría la comida.

Durante aquel rato, la cocina se fue llenando de calor,

de vapor, de aroma de arroz y del frescor del jengibre. Tuvo una paz de hogar.

De pronto, la madre entró como un revuelo de viento, la cogió por el brazo y se la llevó al fondo del taller. Justo donde estaban su padre y sus tíos la dispusieron frente a ellos como si de un juicio se tratara tuvo que arrodillarse.

— ¡El arroz! —dijo ella como un lamento— está a punto y se va a perder.

— ¡Tú! —gritaba el padre fuera de sí—. Tienes que irte de aquí. ¡Tú te vas a perder!

No era una conversación, era una orden.

— ¡Preparas la comida y luego limpias, coges tus cosas y te marchas!

— ¡Todo es por culpa tuya! —decían unos y otros, a la vez— pero sin mirarse.

Cuando quiso preguntar ¿dónde?, ¿con quién?, ¿por qué? su padre, su madre y sus tíos ya se habían levantado.

Al salir, le propinaron cada uno un golpe con el pie, mientras su madre la sujetaba y ella se protegía como podía. Se tapaba con las manos y los brazos cubrían la cabeza de los golpes con bastón. Quedó tumbada en el suelo y su madre la arrastró hasta la cocina tirando de su cuerpo como si fuera un saco. La dejó en el suelo.

Cuando se pudo levantar, tuvo que volver al trabajo. Se limpió la cara de lágrimas y se secó el rostro. En la cocina, el arroz se estaba cociendo. Los granos henchidos de agua y calor bailaban. Los removió nuevamente con la cuchara mientras danzaban en el agua. El pollo que había puesto a cocer en el horno se estaba dorando y dejó la cocina perfumada de comida sana, buena y apetitosa.

Preparó la mesa y lo dejó todo listo para la comida.

Puso a calentar el agua para el té. Toda la cocina estaba humeante y vaporosa como una nube.

Se acercaron, como buitres, se sentaron a la mesa y les tuvo que servir la comida: en cada cuenco unas cucharadas de arroz con jengibre. Luego acercó la botella de soja. Había cortado el pollo y lo fue sirviendo a pedazos, que su familia no tardó demasiado en devorar, escupiendo los huesos sobre la mesa y en el suelo, rebosando de gula. Sirvió el té al final. Los vio comer haciendo mucho ruido, sorbiendo el té y pegando la lengua al paladar con satisfacción. Lo dejaron todo sucio, por arreglar. Ella no comió, aunque nadie se fijó en eso. Parecía que ya no estuviera en casa porque nadie la miró siquiera. Se levantaron dejando toda la cocina desordenada. Tuvo que limpiarlo todo.

Después, se dirigió a la habitación del primer piso e hizo un hatillo con dos piezas de ropa y una chaqueta, las zapatillas, un peine y su abanico. Todo dentro de una bolsa de algodón que se colgaría al hombro, antes de bajar a la calle. Cuando fue a recoger la labor de seda que bordaba, su madre se la quitó de las manos y la guardó en el cesto.

—Es demasiado bueno para ti —dijo la madre—. Al sitio donde vas, no vas a lucir vestidos. Allí te los van a quitar.

Ya nada era para ella. Quedaron los crisantemos sin terminar. Sus hermanas pequeñas se escondieron entre los cestos. Bajó al oír un carruaje que se acercaba. Ella esperaba encontrarse con la casamentera, pero no apareció. En su lugar, salió un hombre que la empujó hacia dentro del vehículo. Después, el usurero cruzó el taller y la tienda y alargó un papel firmado. El padre lo recibió y, sin mediar una palabra, nos fuimos. Me abandonaron a una suerte, desconocida, sin un adiós de nadie. Una transacción y, con su venta, se cerraba el trato. Su hija había sido el pago. Sin dudarlo. Sin mirar atrás. Con los ojos llenos de lágrimas, se perdió en el horizonte. Miró el camino polvoriento hacia adelante, donde había el trote de caballos y carruajes que llevaban al puerto.

Capítulo X

VIAJE POR MAR

Con lágrimas que lloraban por dentro, llegó al sitio. La bajaron del vehículo y la subieron a un barco. Después, el grumete le quitó la bolsa de su minúsculo equipaje con la intención de robarle. Tras comprobar que no había nada de valor, se la tiró a sus pies. Ella la recogió ávidamente y la guardó entre sus bazos mirando sus manos temblorosas. Aquel hatico era todo cuanto le quedaba de su antigua vida. De ahora en adelante se abría un destino incierto y nublado.

Lo más doloroso fue notar la argolla en su brazo y sentir cómo se cerraba. El marinero, de apestoso aliento de alcohol y sudor agrio, se encargó de esta tarea entre risas.

Al cabo de poco, llenaron la bodega del barco con todo tipo de mercancías: fardos de telas, canastos... Cerraron la trampilla y quedó a oscuras. Aquella niña era un objeto más.

Notó que todo se movía. Se iniciaba una travesía a lo desconocido. No había ventanas, ninguna rendija que diera al exterior. Era un entorno desconocido, violento y sucio.

El primer vaivén fue suave, porque aún estaban en el puerto, hasta que salieron a mar abierta y el barco empezó a crujir y a moverse mucho.

No tardó demasiado en notar que el temporal roncaba sobre sus cabezas. Truenos y relámpagos, y olas gigantes envolvían aquel barco, convertido en una nuez sobre el mar, cada vez más alejado del continente. Los fardos empezaron a desplazarse y todo era ruido. Las aves asustadas se habían arremolinado al fondo de sus jaulas.

El estruendo máximo fue cuando crujió el palo mayor de la vela a causa de las ráfagas de viento, como azotes, y cedió; se rasgó y el crujido pareció no acabar nunca hasta que cayó y rompió la cubierta que era el techo de la bodega, y empezó a entrar agua de la lluvia primero y del mar después. Intentó librarse de la argolla, pero le fue imposible.

El agua empapó los fardos de telas y el peso del barco aumentó sin control. Inútilmente buscó alguna herramienta con la que pudiera librarse de sus ataduras, pero no lo alcanzó y, en la bodega, no había ningún otro ser humano que oyera sus gritos. Solo corrían, desmedidas, enormes ratas.

Las olas manejaban el barco hasta que la nave chocó con una roca y el buque se deshizo en mil pedazos.

La bodega se rasgó por debajo, entonces el casco del barco quedó como un fruto abierto preparado para ser devorado por hambrientas fauces que rugían desde el fondo del mar, como un desgarro primario y desbordante.

Entró una brecha de agua que engullo en pocos segundos el barco por completo.

Ella desapareció entre el oleaje, arrastrada por una corriente desenfrenada y poderosa en mil fragmentos de bambú que la envolvió la espuma en un remolino turbio y denso.

Oyó los chillidos de animales enjaulados ahogándose, con los ojos desorbitados por el terror. Los fardos grandes se zambulleron hasta el fondo. Vio pasar el cuerpo de dos hombres ebrios, con sendas heridas esparciendo su sangre oscura, atascados y envueltos entre las velas en su sudario de sal. Al romperse los costados de la nave se desgajaron como las hebras de un tejido sin trama que se deshace en el agua del océano.

Inesperadamente, otro golpe más brutal que el primero levantó por el aire uno de los costados donde estaba sujeta a la tabla y los precipitó por los aires como una catapulta.

Sintió como se hundía poco a poco ahogándose y después salía desplazada por el aire lejos del barco hasta caer, junto con la madera que tenía la argolla sujeta a su brazo. Sintió que el tronco la golpeó en la cabeza y quedaron unidos y a la deriva lejos del naufragio.

Un caótico desenlace de escombros de lo que había sido aquella embarcación y que había sido su cárcel, sin ningún delito cometido. Y, ahora, liberada de él, podía convertirse en un castigo penoso como la caída por un precipicio sin destino.

Quedó medio inconsciente por el golpe y un cansancio la atenazó al tronco que surcaba el océano empujado por el oleaje, alejándose de las rocas, siguiendo una corriente del retorno a los escollos y quedando rota sin remedio. La corriente la fue alejando y, calmado el mar, flotaba en un balanceo lógico. El cielo, que se había ensombrecido por el temporal, parecía clarear, aunque atardecía, casi era de noche.

Oyó un murmullo de voces que provenían de una barca cercana. Estaba aterrorizada de dolor, frío y miedo, cuando notó que las cuerdas la sujetaban y tiraban de ella.

Eran voces desconocidas, absolutamente, hasta que una luz dejó sus ojos entornados. Eran pescadores que faenaban. Recogieron la red y ella pudo subir a la embarcación. La ayudaron, por supuesto, y dejó el mar atrás. El agua cada vez le pesaba menos. La tendieron en el suelo y la liberaron de la red que la había acogido como si fuera un pez. Enseguida se dieron cuenta del tronco, de la argolla y de la herida en la muñeca de un brazo. Con la otra mano, sujetaba fuertemente una bolsa.

Respiraba agonizante, pidiendo sin decir. Su boca reseca tragó el agua dulce con delirio y entró en un sueño desabrido, dejando su cuerpo golpeado a la vista. La taparon con unos sacos vacíos y secos.

Los hombres terminaron de faenar en el mar, recogieron las redes que faltaban y los peces fueron a parar a unos cestos, y se alejaron hacia el embarcadero de la aldea. Para luego llegar a su casa en su pequeña barca.

Al llegar, avisaron del cuerpo que habían encontrado. Ellos la acogieron en su hogar. Con delicadeza, la liberaron de la esclavitud, separando la madera y rompiendo la argolla. Abrió los ojos y vio a una familia entera que la miraba. Hablaron sin ella comprenderlos. Las mujeres de casa la ayudaron a cambiarse con ropa limpia y seca. Avisaron a la mujer de la nieve. Estaba entre ellas: le desvendaron sus pies y, con horror, vieron ante sí a una niña rota. Conteniendo su estupor, se los limpiaron y descansó.

Comió dos cucharadas de arroz hervido y caliente. La acomodaron en un camastro con el brazo liberado, ahora vendado. Rendida de cansancio y limpia. Restablecida, al ver y sentir tanta bondad, sonrió. Había llegado a Japón.

anti al durante el día. Cuanto antes el tripolino de la caseta roja.

Sin estilo y sin juego peno terminar la por perón
Ni tiene la imaginación sobre la mano tan mal sería
pero en la esencia la podrían sin guisa por guitar
el juego para bocar las naturaleza caseta el boda

Capítulo XI

ELLOS

Todo en la casa tenía un propósito: la pesca. Cada mañana, bien temprano, los pescadores salían a faenar al mar. Aún de madrugada solían salir y todo lo necesario para llevarse a la barca estaba dispuesto en la entrada. Así que nada podía entorpecer el ritmo de aprovisionamiento de cestos y redes; comida y ropa. En la pared que tenía la escalera para subir al primer piso estaban colgados los enseres de junco para la pesca especial. Debajo de ella había las redes amontonadas que se habían reparado el día anterior. La pequeña cocina humeaba de vapor de la cocción de arroz que se llevaban los hombres al mar con el salmón ahumado y algunos frutos. Todo bien envuelto en cestos de bambú y mimbre eran las provisiones que tendrían durante el día. Cuando salen, el torbellino de la casa se calma.

Entonces, el hogar queda a disposición de las mujeres. Primero, se lavan y cuidan a sus hijos; barren el suelo; preparan la comida, limpian la cocina y el aseo; cuidan el huerto para tener las hortalizas y recoger los frutos;

cultivan el arrozal; zurcen la ropa; cosen la nueva; van al bosque a buscar leña para la lumbre; y atienden a los ancianos de la casa. El trabajo empieza por una punta de la casa y, como una gigantesca urdimbre, se despliega por todo el hogar como el enjambre donde las abejas se revelan en todo el esplendor de su producción y cuidado.

En este tejido constante y laborioso, ella ha buscado algún rincón de tiempo y lo ha encontrado para dedicarse a pintar. En el fondo del patio, un pequeño techado que había albergado una carreta ahora estaba libre. Podía guardar sus bártulos para la confección de farolillos y la pintura para decorarlos. Cuando alguien la requería, la llamaban y se acercaban a la entrada. Fuera de la casa, al lado de la puerta de la entrada, se cerraba el trato.

Con el tiempo y los nuevos encargos, el taller fue quedando pequeño y las horas de dedicación eran más grandes. Las visitas de los clientes tampoco podían ser atendidas porque la planta baja de la casa estaba dedicada a la pesca y el primer piso era para la vivienda y las herramientas para cultivar el pequeño arrozal que les daba el sustento. El patio era para el huerto y los animales, y su pequeño techadito resultó reducidísimo.

Capítulo XII

COMO LUCIÉRNAGAS

Así que pediría ayuda para arreglar una vieja choza, con mucho esfuerzo. Estaba en el bosque, cerca de donde un maderero próspero se había construido su casa con techo de arcilla en una alta y soleada colina.

Era la cabaña donde había vivido la mujer de la nieve, antes de que fuera a vivir a lo más recóndito de la montaña. Aquel pequeño edificio estaba en medio de la nada. Pareció que había surgido de la sombra. Ahora necesitaba mejorar el tejado, renovar las ventanas. Necesitaba ayuda, pero la reparación crearía su curación y allí daría su noble fruto. Tenía limitaciones físicas, los pies demasiado pequeños para la montaña, pero allí estaba cerrada sobre sí misma. Al lado de la pequeña vivienda iría preparando un porche bien ventilado para la elaboración de su pequeña obra de artesanía: farolillos de papel, con papel y dibujos; un regalo de color y de luz en el sombrío recodo del bosque. Sin ninguna protección, procuraría ir dejando atrás todos los miedos.

Ahora recordaba las instrucciones para la construcción

de aquella artesanía que le podría empujar a la nueva vida; a otra nueva vida. Desde entonces, cada día se acercaba a la aldea. Iba desde el bosque al mar en un paso cruzado con sutil levedad y discreción; iba con los encargos realizados. Al entregarlos, recibía alimento o tela, un trueque de subsistencia. Al acercarse las fiestas, se levantaba una oleada de trabajo y la tenía más rato ocupada en la distribución. Entonces, los encargos grandes se recogían en su casa donde se producía el intercambio y los clientes llegaban con cargas más pesadas: un poco más de arroz, carne, leña, madera de abedul... Una parte de cada encargo cobrado era devuelto a la casa de sus amigos, así quería agradecer el gasto que llevó su apoyo para salvarle la vida. Así era mejor cumplir lo acordado con su corazón. También tenía que guardar para pagar el material al maderero importante, a quien no conocía. Solo veía el administrador que recaudaba la derrama, cobraba lo acordado para reparar la reconstrucción de la casa. La parte del taller iba a cargo de ella. ¡Otra carga más!

El día a día de su vida seguía un ritmo constante, llena de obligaciones, como el balanceo de una barca a remo, el zumbar de las abejas; la periodicidad de las estaciones del año o el tejido del paso del tiempo. Pero todo, todo contribuía a su reparación.

En un momento de su labor, apareció deslumbrante el recuerdo de la sortija del caballero y su acertijo. ¡Cómo le había cambiado la vida en tan poco tiempo! Ella había contribuido a mejorar la vida de los habitantes del pueblo, sobre todo al llegar la noche. La pequeña aldea se asomaba al mar, rebosante de puntos de luz como luciérnagas; como una constelación luminosa, llena de vida y de colores. Desde lo lejos, ella lo contemplaba en el silencio de la aldea.

Había sido una vida que había brotado de su alma, nuevamente. Después de llevar tanta muerte dentro, había resurgido de un fuego apagado y de sus cenizas.

Capítulo XIII

ELLAS

Según una antigua leyenda oriental, en aldeas remotas existían unas mujeres denominadas las «guardadoras de secretos mundanos», sanadoras de cuerpos y almas. Se encontraban, generalmente, en las afueras de los lugares habitados.

En verano, vestían una túnica blanca y vaporosa. Era de algodón, estupendamente cultivado y suave, sin ser frágil; recio, sin ser áspero. Con una capucha para protegerlas del viento o del sol excesivo y se colocaban un sombrero de paja muy clareado para que la brisa pudiera cruzar el tejido pajizo y refrescarla.

La túnica tenía unos botones forrados con la misma tela blanca que le cerraban el escote, desde el pecho hasta el cuello. Se podía ceñir un poco a la cintura con una cinta sencilla del mismo algodón blanco para desplazar la altura del vestido hacia arriba y poder caminar sin pisar el dobladillo de los bajos, eran los *zori*. A cada lado tenía los bolsillos. Todo estaba cuidado a la perfección.

En invierno, se protegían del frío con un vestido de

lana de la misma calidad que el algodón, pero mucho más cálido, que se mezclaba con seda que le protegía del viento helado.

Tenía una capucha igual que la blanca del verano, pero mucho más ancha, para albergar un gorro bien medido a la cabeza y tapar los oídos del viento helado de las montañas. Y el sombrero era mucho más tupido, para poder resistir el helor del camino a su cabaña en pleno invierno.

Sus túnicas eran largas, les llegaban hasta los pies, pero también podían atarlas con un cinturón que le permitía, a la vez, cerrar y ceñir la túnica alrededor de su cuerpo y evitar que arrastrara los bajos por el suelo.

Así respetaban el vestuario para que les durase más, porque el trabajo de tejerlo era arduo. Se recogían las manos dentro de sus anchas mangas y se resguardaban del frío que soplaba unas veces con más fuerza que otras.

Su calzado, así como los sombreros, podían cambiar según el momento del día o la estación del año.

Eran unas mujeres que vivían solas. Nadie recuerda cuándo y cómo fue la primera que se entregó al silencio. Tampoco nadie sabe quién fue ella, sin nombre. Aunque todo el mundo sabe bien que existen desde tiempos inmemorables.

Pero, ¿desde cuándo? ¿Desde que las personas habitaban a la intemperie y ellas se refugiaban a lo lejos entre las sombras del bosque? ¿O desde que los seres humanos habitaban en cabañas junto al río y ellas se iban a los abrigos de las escarpadas montañas?

Fueron, precisamente, las montañas las que guardarían el secreto de su existencia sin un registro escrito. La vida iba rodando sin cesar y continuaban antiguas tradiciones, aceptadas y respetadas por todos.

Ellas tampoco lo sabían. De vez en cuando, en cada aldea una chica empezaba a alejarse del pueblo, de su casa, de su familia y empezaba a vivir en el bosque. Era un ejemplo de libertad que, con los años e inevitablemente, fue aceptada por la comunidad.

Cabe decir que sucedía de un modo extraño, puesto que todo en la sociedad estaba preparado y ordenado para que la población en general siguiera los cauces de una vida útil, de servicio, de trabajo y esfuerzo de unos para con los otros. Sobre todo las mujeres, por su atención al servicio de la casa, responsables de engendrar hijos, continuar las estirpes, asistir a su crianza y llevar el manejo de la casa.

La costumbre continuaba entre los miembros de una misma familia y entre las familias de los pueblos, siguiendo unos ritos que conducían la vida a través de años, siglos y milenios, inmovilizada por el peso consciente de la tradición.

En este angosto espacio de libre decisión, unas aprendían de las otras y veían cómo vivían y entonces escogían su destino. Sus túnicas las mantenían en una especie de lejanía. Su presencia, casi imperceptible, era vívida. Los colores exquisitamente claros y discretamente opacos las invisibilizaban: blanco en la luz y negro en la oscuridad.

Aunque nadie afirma haber acudido a ellas para recibir su ayuda y notar su apoyo, ellas seguían perpetuando su vida y todo el mundo seguía aceptando su existencia.

Las guardadoras de secretos que custodian la vida de los pobladores son como las nubes grandes e inmensas, redondeadas que reservan el agua en sus entrañas. Ellas huyen del ruido de las batallas y se refugian más allá de las victorias. Mientras en los valles se puede oír el grito de los sables.

El rumor del miedo estremece el aire. Huyen los pájaros a la sombra de los pinos. Se ruborizan las aguas de los ríos y se llenan de abrumadoras vergüenzas: los cuerpos también caídos por nada a manos de otros cuerpos, también caídos por nada y para nadie. A lo lejos, deslumbran las cabañas con tejado de paja ardiendo como una ofrenda inútil a los dioses ausentes.

Ellas habitan a escondidas de las pasiones de los demás que, más tarde o más temprano, acudirán para verter su vergüenza o culpa a unas almas puras. La elegancia de sus pequeños pasos levantaba el rumor de las miradas del vecindario. Un rumor leve como su absoluta discreción.

Esta era la vida que había observado en la anciana de su pueblo natal cuando ella aún era «la hija mayor». Ahora, en la isla, había conocido a la mujer de la nieve, que sumía su existencia en lo más elevado del cerro de la isla de largo invierno.

Después de conocer el camino a seguir, decidió acudir a su cabaña y consultar el enigma de la sortija y del caballero.

Capítulo XIV

PASOS SOBRE LA NIEVE

Se abrigó, cerró su casa y salió con mucho cuidado. Emprendió la caminata despacio; dirigió sus pasos hacia la montaña. El camino, que normalmente era angosto, lo era más ahora, si cabe, cerrado por la nieve que formaba un manto imperturbable, sin pisadas, sin ningún rastro de vida, silencioso. De vez en cuando, un pájaro cambiaba de rama y la nieve se desprendía de las agujas de los pinos. A medida que ascendía eran cada vez más escasos, hasta que el paisaje se desnudó y el cerro era una pared de roca y nieve.

En un recodo, apareció a su vista una cabaña pegada a la montaña. La chimenea humeante señalaba que el fuego albergaba vida y recogimiento.

Se acercó, tímidamente. Se desprendió de la nieve que se le había pegado a sus botas *fuka-gutsu,* hechas de cebada trenzada, que la preservaban de la humedad y del frío para caminar sobre la nieve. Aquella mañana sobre las *kanjiki,* raquetas para no hundirse y poder viajar segura y seca a través del nevado terreno del monte, tocó la campana de la entrada.

Al poco rato, la mujer de la nieve abrió la puerta y la cerró deprisa para que no entrase el viento helado. Tenía una tetera con el agua preparada porque la había visto acercarse. Ella descargó un hatillo de leña porque era seguro que le iría bien y también un cesto con comida.

Se sentaron una delante de la otra, bien pegadas al fuego para poder apartar el gélido frío. Ella se presentó. La mujer la recordaba, la miró intensamente al ver el inmenso cambio que se apreciaba en su persona.

Le cogió la mano para verificar que la herida estaba bien curada. Con la vista fijada en la cicatriz, la acarició con la punta de los dedos. La dejó ir y tomaron el té caliente.

— ¿Qué te trae a este humilde morada, con este frío?

—Vengo para hablarle de un enigma porque creo que el caballero se ha confundido de persona y es usted quien sabrá resolverlo. Pero, ante todo, creo que debo explicarme y contarle lo que me había pasado hasta el momento en que aparecí en la aldea. Ahora conozco mejor sus palabras y podré hablar.

—Adelante. Cuéntamelo como si hablases de otra persona, llámale «ella».

—Después del terrible naufragio que la empujó hasta tierras desconocidas, ella fue la superviviente, cogida a la madera donde estuvo sujeta a la tabla por su comprador en un barco que naufragó. Siguió el oleaje flotando hasta la orilla con los bártulos que quedaron a flote al salir de la barca con un estruendo atronador. Solo aquella joven superó la muerte segura, siguió la fuerza del oleaje que la condujo hasta la pequeña aldea rescatada por los pescadores que faenaban ya de regreso a casa. Le había quedado una marca en la muñeca. La cicatriz que dibujaba una época: la de ser esclava.

—Pero, ¿qué le había pasado antes de subir al barco?

—Era la hija mayor de tres hermanas. Vivía tranquila, ya había pasado lo peor del vendado de los pies y el dolor había remitido bastante. Vivía preparándose para su boda, tendría que viajar porque su futuro marido vivía lejos, nunca más vería a su familia, pero ya estaba preparada para ello. De pronto, se vio obligada a dejar la casa de su familia.

—¿Se la llevó la casamentera a su nuevo hogar?

—No, nunca la vio, era un hombre. Fue un usurero.

— ¿Por qué sus padres la abandonaron a un traficante, si estaba preparándose para su boda?

Ella dudó un poco antes de contar algo tan violento.

—Fue al mediodía, mientras preparaba la comida, que sus padres y tíos la pegaron. La habían vendido a cambio de conservar la casa y la tienda.

—¿Por qué les faltaba el dinero?

—Por sus deudas de juego y alcohol. La hija mayor fue la moneda de cambio que saldó la cuenta de su familia con el capataz, el amo de los bienes y haciendas, de mujeres y destinos.

Había perdido a su familia. Se habían desprendido de su persona para mantener abierto el taller de artesanía de faroles. Perdían una luz, pero aguantaba el negocio a cambio de una triste y pegajosa oscuridad. Su herida en el alma era mucho más profunda.

—¿Qué fue después de sus padres y sus hermanas pequeñas?

—Aquella niña logró sobrevivir. Ella escuchó su propio llanto.

La mujer de la nieve aceptó el relato en silencio, la miró con los ojos del alma abierta y compasiva, dejó pasar un tiempo, oyendo el crujido del fuego, mientras a fuera seguía nevando como un manto manso de dolor lacerante.

—¿Qué es esta cajita que has dejado encima de la mesa?

Le contó la visita del caballero y su ingeniosa propuesta, a la vez que enigmática.

—Parece desproporcionado a primera vista. No es un cedro. Es el cedro más grande. Necesito saber cuál es y dónde está. ¿Y por qué se me había acercado? ¿Por qué a mi cabaña? ¿Qué peso contenía ese anillo?

La mujer la miró sonriendo suavemente.

—Solo podía ser un trato. Algo relevante para pagar una gran deuda. Para alguien que su vida ya no goza del placer del tiempo. ¿Remordimientos? ¿Cuál es la única casa donde no brillan tus faroles? Si toda la aldea brilla por ti. Cuando la hayas encontrado, sabrás qué significado tiene un brillante en la mano que hace brillar a los demás.

Ella aceptó el consejo, sin entender el segundo acertijo. En la calidez de aquel hogar aislado volvió a encontrar la cicatriz que tenía en su brazo, la que acariciaba y sentía durante el baño dulce entre los nenúfares. Cerró los ojos y dejó que pasara el tiempo apoyada en lo que la vida le ofrecía de bueno, entendiendo que nada era fácil. Su juventud no era garantía de una vida confortable y segura, sino de una época de constante transformación. Había llegado el momento de irse. Se saludaron profundamente y ella se fue.

La bajada volvía a ser un lienzo en blanco. Las

pisadas, sus pisadas de subida, ya se habían desvanecido cubiertas por la nieve nueva que crujía bajo su calzado. Se cubrió la cabeza con un sombrero grande de cereal espeso y protector que le permitía mirar adelante sin la irrupción de los copos que le helarían los párpados y se le borraría la vista. Así evitaba caerse.

Se dispuso a avanzar, aunque tuvo que pararse. Se acurrucó debajo de un árbol para sentirse refugiada y a la vez protegida, atenta, sin olvidar el camino de retorno porque la tormenta había aumentado de golpe y estaba expuesta a la desolación de la intemperie.

La mujer de la nieve la vio retomar la bajada de la montaña como un ovillo, recogida. Era frágil, vulnerable, profundamente honrada: inocente. La vio con su cesto de mimbre vacío, colgado a la espalda, acurrucada dentro de sí misma, aceptando la vida en aquel desierto níveo, abrigada y protegida, pero con un alma herida aún que la mantenía pequeña y dolorida, expuesta con total desnudez. Cada vez más lejos, parecía un lunar aislado que contenía toda la vida y la lucha, pero también la aceptación de un pasado remoto, un presente incierto y un futuro inmenso, hasta que desapareció de su vista y la montaña retomó su calma helada. Poco a poco, el viento empezó a silbar en las alturas y a levantar la nieve hasta crear una ventisca y la cabaña se hizo invisible.

La blanca llum de la neu de sobtes del ematinal. La neu inhala refleja una luminositat de matinal, y a en raig de sol es sent belleza qu es sens... ... ...
... ... llum... ... ...
... ...
a un... ... ... a
llena en un... en absol... ... ... que...
el vila ... Ells sibi...que...to de...el... ... ... la

79

Capítulo XV

ENIGMAS

Tendría algo que ver con el «maderero mayor». El gran encargado del bosque. Así iban sus pensamientos mientras avanzada entre el temporal de nieve, con las piernas vendadas y la capa de lana bien sujeta y su sombrero. Aquella vista desde la cabaña cada vez era más pequeña, hasta convertirse en un leve copo de nieve.

Tendría que acercarse a la gran casa para ver si realmente había alguna luz de maravilloso papel, para comprobar si era la casa que la mantenía ignorada. Mientras estos pensamientos volaban en su mente, el día fue oscureciendo. La Luna la guió por el camino de vuelta. La blanca luz iluminó la nieve después del temporal. La capa intacta reflejaba una luminosidad celestial. Y ella, en medio de aquel solar helado, guiándose por la vitalidad que desprende el futuro, se orientaba hacia su cabaña.

Dirigió sus pasos hacia la gran casa y realmente estaba a oscuras con alguna leve luz, mínima. Sobresalía de la tierra como un gran abeto de madera y tejas, pero sin luz ni vida. Ella sintió que un frío desolador la consumía y fue corriendo hacia su casa. La nevada había cedido, solo había frío y silencio. Al entrar en el bosque, el suelo tenía las manchas blancas de la nieve que las agujas de los pinos no habían podido sujetar.

Al acercarse, se encontró que había una visita que la esperaba bajo el porche. Los caballos estaban atados en el pomo de la roca. Se acercó no sin cierto temor, pero el frío dominó al miedo. Entró después de desprenderse la nieve que había acarreado desde la montaña. Iluminó su hogar e invitó a pasar al caballero que iba muy bien abrigado, ya que hacía mucho frío, y encendió una pequeña lumbre. Se sentaron en la cocina porque era el lugar que más rápidamente ganó calor. Él había llegado galopando como la otra vez. Abrió la pequeña caja en el interior de la cual había un brazalete de oro. Se estremeció al ver el aro que le recordó vivamente su argolla clavada en el barco. ¿Podía ser una mera coincidencia?

La colocó al lado de la sortija y esperó. No tardaron en entablar una conversación que sin duda estaba largamente meditada.

Ella colocó el brillante que tenía unos rasgos espesos que la convertían en una piedra, a la vez brillante y profunda. Las joyas quedaron entre los dos.

—Si corta el cedro más alto del bosque al caer, otros cederán con él —dijo ella— con la prudencia del temor.

—Solo debe ser uno.

—Entonces no podrá ser entero —dijo ella—. ¿Por qué es tan importante que sea solo uno y de una pieza?

—Porque es un encargo.

—¿A qué fin?

—Un regalo.

—¿Y si no lo hallo?

—La vida es peligrosa. Corre peligro.

—Lo sé. Una vez caído, ¿cómo lo transportará? ¿Para quién es? ¿Irá hasta el mar?

Hubo un silencio.

—En realidad, ¿qué es el cedro? —dijo ella con una voz muy baja.

El fuego acogedor convirtió la cocina en un aliento de vida y de esperanza. El té humeante era vivaz para la revelación de un enigma. Ella sacó el brazalete de la caja. El caballero se conmocionó.

—¿Qué sabe de él?

—No tengo ninguna respuesta.

El caballero terminó su té. Se despidió y, sin más palabras, montó en su cabalgadura y se fue.

El día cedió, por fin.

Capítulo XVI

LA GRAN CASA

La tormenta se fue desvaneciendo y el sol deshizo la nieve que se convirtió en agua y corría sin freno. A ambos lados de los caminos surgieron riachuelos que discurrían con voz cantarina, siguiendo las pendientes, monte abajo, hacia la aldea.

Antes de que los senderos empezaran a recibir concurrencia y se fueran embarrando, ella decidió ir a la gran casa. Como de costumbre, antes de salir de su cabaña, se dirigió al altar para sus oraciones y después el incienso adornó la casa de pureza. Se vistió con sus mejores ropas y de más abrigo, cogió la sortija y el brazalete y encaminó sus pasos hacia el palacio del maderero principal de las aldeas.

Al acercarse, vio el caballo que la había visitado en dos ocasiones. Se acercó al regio edificio, subió las escaleras que la llevaban al porche, hizo sonar la campana y esperó.

Una sirvienta le abrió la puerta. Nadie podía presentarse sin pedir audiencia al señor. No obstante, cuando vio la sortija que brillaba en su dedo y el brazalete de oro de su muñeca, no lo dudó, supo que tenía que concederle paso. Y así fue. La hizo esperar para ser recibida por el señor. Estaba en la sala de espera; un recibidor más grande que toda su cabaña.

Cuando se abrió la puerta principal de la sala de espera, se arrodilló en el suelo y esperó órdenes para poder acercarse. Saludó tres veces y recibió el permiso para levantarse.

Al levantar todo el cuerpo del suelo y mirar hacia adelante, vio una sala maravillosa con una mesa lacada y todo el suelo de estera nueva. Las ventanas median la luz del sol y paraban el viento que se podía colar por las rendijas; eran de cristal.

Ella pudo acercarse a la mesa baja donde la cocinera había preparado un juego de té. Se arrodilló delante y él hizo lo mismo. El té servido lentamente pareció acompañar sus almas en la quietud del momento. Ella aún no se había atrevido a mirar el rostro del señor. Su pequeña respiración parecía el latido de un gran corazón que impulsaba vida a aquella sala magnífica con muebles de lujo, pero vacía.

Su absoluta austeridad no encajaba con el lujo de la gran casa. Pero los dos estaban allí, uno delante de la otra. Sintió la intensa mirada de él sobre su rostro, que brillaba como un óvalo de luz, como un foco dentro de aquella capucha de lana que desvelaba un cabello negro como el azabache. Al tener el té servido, se bajó la capucha y retiró la capa, un sirviente la recogió. Iba vestida de blanco níveo y su mirada transparente había levantado un aliento de primavera. Al recoger la taza de té para llevársela a los labios, lo miró.

Su rostro pálido enrojeció de sorpresa y también de

una tranquilidad alegre que la hizo respirar. Sintió que su alma se había engrandecido: era el caballero.

Él tomó la palabra:

— ¿A qué debo esta interesante y sorprendente visita? El administrador cobró el monto por la cabaña y no he encargado ningún farolillo pintado.

—Es cierto. Espero no molestarle ante mi improvisada visita.

—No, aunque desconozco el motivo.

Pasó un tiempo imperceptible a cualquier emoción. Los dos sabían lo que ocurría, aunque ninguna palabra brotaba de sus labios. Conocían la respuesta y también el objeto de la visita.

—Días atrás recibí un encargo para descifrar un misterio. ¿Cómo talar el cedro más alto?

—Pero esto es un tema de leñadores, no de una pintora.

—No se puede talar un solo árbol sin tocar a los demás y transportarlo por los caminos hacia el mar sin estropearlo todo —dijo ella contrariada.

—Quien se lo ha pedido, que encuentre la solución — respondió él muy locuaz, hablando muy rápido, demasiado rápido para ser cierto.

—Tuve una visita, bueno dos visitas, en mi cabaña, en las que me plantearon un enigma sobre el bosque, a propósito de un cedro.

—Yo se lo diré, puesto que este es mi trabajo y no el tuyo.

—Entonces, ¿por qué lo pregunta a una mujer que pinta y conoce a las personas antes de crear sus pinturas? Yo me acerco a las almas y no conozco a los cedros. Si corta el alma de un árbol, cede el bosque y, si lo corta fuera de tiempo, se lamenta y cruje de dolor. Y esta es su vida, su única fortuna —dijo ella con mucha seguridad.

—Y descubrirlo es tu luz —dijo él, alabando su perfecta observación—. Y, si se corta el amor por una mujer, se amputa la vida de un hombre.

— ¿Cómo se puede talar el amor de una mujer?

—Con un engaño —dijo él.

— ¿Cuál?

—La esclavitud —su voz sonó grave, puesto que conocía toda la historia de ella o casi toda.

—Se refiere a la esclavitud de una mujer atada por la muñeca a un tablón de un barco —pronunció ella con un hilo de voz.

—Sí —dijo él.

—Una mujer joven que deambuló por la mar, atacada por el oleaje. —rodaron lágrimas por su bello y delicado rostro.

—Y fue salvada por los humildes pescadores de mi aldea. Cuando supe de tu llegada y supe quién eras, lo procuré todo para tu bien.

—Entonces, ¿una casa de luz y salvación es el brillante que llevó a mi hogar?

—Sí. El oro del brazalete es para cubrir tu cicatriz como una herida que sangró después de un combate.

—Lo sabe todo.

—Sí.

—Entonces, ¿el misterio del cedro no está en el bosque? —argumentó ella—. Vive en él.

—Te busqué en tu aldea natal porque la casamentera conocía todas tus virtudes. Eran las que yo quería.

—Pero no fui recogida por la casamentera. Le mintieron.

Fui vendida por el pago de las deudas de alcohol y juego de mi padre.

—Pero yo pagué a aquella mujer que te dio a conocer para que vineras a mi casa y fueras mi esposa. La casamentera no mintió, la robaron y la mataron antes de que te despojaran de tu casa. El mismo ladrón que te perdió en la tempestad. El usurero había cobrado dos veces por ti, antes de venderte a un tratante de niñas del barrio de Shimabara, el agujero de prostitución sin otra alternativa que una vida muy desgraciada. No del barrio para diversión adulta o sofisticada de Kioto, para *geishas* y *maikos* que se pasean con su maravilloso calzado lacado y sus delicados kimonos de seda. El usurero quería obtener tres ganancias por ti. Yo supe tu historia por los aldeanos. Ellos me contaron lo sucedido. Habían encontrado tu bolsa de algodón. Supe quien eras por tu nombre escrito en el abanico. Tiempo después, llegó un mensajero preguntando por el barco y por ti. Te esperaban en la ciudad.

—El enigma no era el cedro —dijo con voz entrecortada y lágrimas rozando el rostro.

—No.

—El enigma era yo.

—Sí —con gesto afirmativo.

—Entonces, ahora le devuelvo las joyas. Estoy en sus manos. Le pido el máximo respecto para preguntarle. ¿Qué será de mí? Ya pagó una vez por traerme. Ha pasado el tiempo y tengo una cicatriz en mi brazo, ahora desnudo. La belleza ha podido desaparecer de mi rostro por tanto dolor y mis manos son ásperas por tanto trabajo.

—Ya pagué, es cierto. Pero aquella vida naufragó. Ahora estás aquí. Debes sentir lo que debes hacer. Tienes una vida nueva. Me gusta pensar en ti como la promesa de niña educada y bella, de pies de loto para mi casa. Ahora, pienso en ti como una joven que se abre camino con el arte, con la pintura, con la artesanía, con el conocimiento de los seres a quienes pintas. Tus faroles son luz de vida y desvelas los enigmas. Cuando descubras lo que une nuestros seres y lo pintes, sabrás lo que debes hacer.

CAPÍTULO XVII

EL ENCUENTRO

Aquella conversación había sido como un temporal de ventisca que arremolinaba pasado, presente y futuro. Abandonó la gran casa de madera con tejas de arcilla. El tatami tierno crujió bajo sus pies. Cuando llegó a la cabaña, le pareció que regresaba a su corazón. Por fin, todo se había revelado.

No podía volver con su familia porque habían aceptado lo más indigno y la creían ahogada, perdida en el océano después de haberla abandonado en tierra. De intentar regresar, volvería a ser la hija mayor y sería definitivamente vendida y confinada para su completa desaparición.

Tampoco podía recurrir a los pescadores porque ya les había liberado de la carga de su generosidad.

Había regresado de la montaña y la mujer de la nieve le había alertado de que la solución del enigma vivía cerca. Ahora estaba con todo el peso de su esfuerzo. Solo podía valerse por sí misma, nuevamente.

Pintó y pintó día y noche hasta encontrar lo más firme de unas personas que habían confiado en el alma del bosque para resolver sus dudas. Encaminó sus pasos en la foresta y anduvo sobre la mullida alfombra de agujas de pino y se sentó delante del tótem, contempló la cabeza de oso y percibió su magnífica fuerza. Miró el rostro de las personas en el tronco que la observaban desde tiempos inmemoriales. Habitantes de Hokkaido que perduraban aun dentro de la inmensidad del bosque y cuyas voces se podían escuchar en el silbido del aire al cruzar las copas de los árboles. Conocían todos los secretos, la difícil vida en la nieve, la delicadeza de permanecer en la madera por manos anónimas que los admiraban y adoraban colectivamente. Ahora le daba la fuerza renovada de encontrar la resistencia y el camino para concebir su individualidad.

Sobre las ramas seguía silbando aquella brisa que venía del mar. Entre las agujas de los cedros no solo entraba la luz, eran las voces de los primeros habitantes de la isla, de su permanencia sobre la tierra. Había acudido allí para reconfortar su alma y evitar que se dispersara, y así recuperar su espíritu humano, ainu y libre, acogedor y lleno de esperanza en la sencillez.

Capítulo XVIII

EL SÉPTIMO MES

Volvió a casa y se centró en la pintura. Escogió el farol más bello. Estaba sobre la mesa, esperando la obra de sus manos y sus pinceles. Ahora sabía exactamente lo que tenía que pintar.

En la pintura final del farolillo redondo, como las calabazas que había cultivado en su infancia, había una ola inmensa que sepultaba a una barca. Una casa preciosa llena de luz interior: un sol de hogar.

Al fondo, una gran montaña poblada de bosque con la cima desnuda y escarpada, vestida de nieve por la que descendía una menuda figura abrigada de invierno.

Un maravilloso paraguas albergaba a una mujer, protegida y acurrucada en su interior sin más apoyo. Era un *wagasa*, un paraguas abatible con papel *karakami* al que se le aplica aceite vegetal y sirve para engrasar el papel y hacerlo a prueba de agua, y luego se le aplica laca.

Aquel bellísimo paraguas japonés resaltaba en la nieve. Era como una flor que palpita en el erial nevado.

Destacaban sus varillas de bambú y el mango envuelto en cuerda. Las manos de aquella mujer que luchaba contra la adversidad lo sujetaban con firmeza. En el papel *karakami* protegido que lo convierte en aislante, destacaba la pintura de una *koi*, una carpa, un animal acuático capaz de sobrevivir hasta en aguas turbias, poco favorables. Nadan a contracorriente con fiereza y expresan la entereza necesaria para aceptar los cambios que ella había vivido y que habían sido complicados con anterioridad a que se realizasen sus sueños.

En las fiestas del séptimo mes se encienden los farolillos y sobrevuelan las carpas pintadas sobre fondos de tela de algodón, airosas en forma de *koinobori*, cometas a modo de banderas al viento. Colgadas en los exteriores de las casas bañan de color las calles. Esta vez la carpa blanca y negra, tenaz y vital, decora el paraguas rojo para hacer frente a la adversidad a través de la belleza.

Cuando lo hubo terminado, ordenó el taller. Se limpió las manos y se preparó para que se desvelara felizmente el último enigma. Lo tapó para que nadie lo viera y se abrigó bien. Parecían dos ovillos de seda esperando florecer. Dejó su cabaña atrás y se fue. Se presentó en la gran casa. Pidió hablar con el maderero mayor y entró. Estaba en vilo. Fue así.

Ante todo, él deseaba desvelar sus dudas. Cuando se encontraron cara a cara los dos, pasó un momento sin hablar. Ella lo destapó en silencio. En aquel instante se desvelaba el misterio del último enigma. Lo contemplaron antes de encenderlo juntos en el amplio salón con el ventanal que tenía y, al fondo, el mar en calma. En cada dibujo él asentía y, con una voz muy suave, iba nombrando cada imagen reflejada mientras hacía girar el farol para verlo en su totalidad. Era el momento brillante de un bello y duradero horizonte. Ya no había más dudas. El naufragio la había salvado para siempre. Había sepultado una vida y había dado lugar a otra. Ahora los dos tendrían una vida en común. Por fin se habían encontrado, después del desbordante temporal. Pronto compartirían el cuenco del blanco y humilde cereal para simbolizar la unión de sus vidas.

Juntos encontraron el lugar adecuado donde colocar el bello farol. Lo miraron nuevamente, pero con atenta alegría. Observaron cada una de las escenas representadas y se enfrentaron a los recuerdos. El pasado estaba escrito en aquel punto escarlata.

Desde ahora el paraguas ya solo le haría falta en los días de lluvia y nieve, si tenía que salir de su nuevo y deslumbrante hogar. Ya no le haría falta cubrir su extrema soledad. Él le abría sus brazos. Ahora sería su esposa, recuperada del abismo.

La carpa podrá regresar a sus aguas removidas y encontrará su rumbo hacia aguas limpias.

En nuestra casa no llegarán las grandes olas que nacen en el océano.

El fuego alimentará con su calor y calma la helada nieve.

Este maravilloso farol iluminará desde ahora nuestro hogar.

Una mariposa aletea cerca y se aleja como un parpadeo.

Se acercan días de comprensión y de felicidad.

Y desde la ventana contemplamos cómo la brisa acaricia las tiernas espigas de los campos de arroz.

Epílogo

Ya no importa lo que ha pasado.

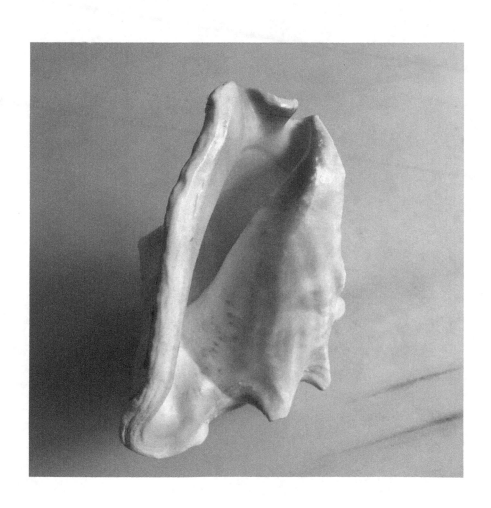

DEDICATED TO

Hideki Yuyama, in thanks for his painstaking reading, necessary and concise corrections, and his sincerity. To Montse Monfort, for her confidence and joyful support.

PRESENTATION

How much pain can the body stand? I do not know. We become a desert of sand or snow, simply to survive.

The protagonist suffers dire situations. She experiences the incredible pull and severe power of sinking. Only after that will she lucidly understand that the shipwreck saved her.

The Red Umbrella is a novel of contrasts, nuances and enigmas. It is, therefore, a raft of doubts.

CONTENTS

Dedicated To.. 91

Presentation... 93

Chapter I. The Path....................................... 97

Chapter II. The Cabin.................................... 100

Chapter III. Him... 105

Chapter IV. The Night-Time 109

Chapter V. The Bathing................................ 113

Chapter VI. The Welcoming 117

Chapter VII. Childhood................................. 121

Chapter VIII. Memories 125

Chapter IX. Contempt 129

Chapter X. A Sea Voyage 135

Chapter XI. Them 140

Chapter XII. Like Fireflies............................. 143

Chapter XIII. The Women 147

Chapter XIV. Footsteps On The Snow 152

Chapter XV. Enigmas................................... 158

Chapter XVI. The Grand House...................... 162

Chapter XVII. The Meeting 168

Chapter XVIII. The Seventh Month 171

CHAPTER I

THE PATH

Cold air descends from the large dense forest on the high mountains, with cedar trees on both sides of the path. In the distance, an axe can be heard hitting a tree trunk with dry, firm impacts, ensuring that a tree will fall in a short time. The air, impregnated with the aroma of pine trees, is pleasant because it reminds her that she is approaching her home: An isolated sunlit cabin in a clearing in the forest, between the feverish, sombre and well-known darkness.

The axe continues cutting into the tree trunk on the plantation closest to the village, in the smooth and accessible edges of the forest where trees are grown in the *daisugi* manner, in which it is not necessary to cut the cedar tree down; just some branches are removed. These cedars have robust trunks, with branches rising gracefully like candelabras. Each is like an immense bonsai, without losing any of its beauty, leaving the gigantic tree useful for future generations.

This is the way to obtain straight, uniform and knot-free wood that is very useful for furniture and building roofs of houses, which have to bear a thick layer of cereal straw with firmness and regularity. The construction must be solid and light for this roofing, which is traditionally used in homes. Roofing that is cool in summer and protects from the rain and above all the snow in winter, which is very abundant in the north of the island.

The wind clears the air and moves the branches, green needles, some firmer and others darker, fall to the ground, like fluttering butterflies, spinning in the autumnal air.

When she reaches the rock, from which a stream of extremely fresh water is constantly flowing, she turns left and continues on her way, which becomes narrower and narrower, until she reaches a fragile bamboo gate that delimits her small space and her levity.

CHAPTER II

THE CABIN

The sun illuminates a plot of land containing a small vegetable garden on the left, and a flower garden on the right of the path, where each clump of flowers is surrounded by a circle of white stones brought from the river. The entrance is guarded by a very worn stone with a knob. It is an old lamp post.

On the other side of the door, one can see an old, sculpted tree trunk, an *Ainu* totem pole. This is figurative art in which images of important values for the inhabitants of the island of Hokkaido —a Japanese name that means «Northern Sea circuit»— are sculpted. The totem poles, these cedarwood trunks, ancient tree sculptures, represent the passage of people through nature, inhabiting it without destroying it. They perpetuate the meaning of belonging to nature, the forest, the mountain and the rivers; living spaces materialised through their symbols. These totem poles strengthen the bond between village and island inhabitants, establishing links between them and the air, land, water and fire. A figure of a bear, an adored and feared animal, can be seen in the upper part. Two painted human faces, albeit a little worn by moss and dampness. These were the old totem poles called *Ezo* in Japanese, which in Ainu means «man». Words from an ancestral language that is one of the roots of these people in the landscape. An inhabited presence in the wooded areas of a snow-covered island, leading a natural lifestyle such as harvesting fruit and cereals, deer hunting, salmon fishing; pottery craft and life in the forest; as well as the hunting of seals and whales with bows and arrows. A place without weapons, due to the absence of symbols of war in their culture and character. This has been the foundation of their existence, which through time, has been enriched by extensive rice plantations.

The cabin is built in the traditional manner of the ancient Ainu culture; it is like a *chise*, made of canes and wood, a single unit forming a home. A large porch and a very tall, steeply sloped roof protect the house from rain and snow, insulating it from heat and cold. The ground floor is divided into two rooms with two entrances; One to access the home and the other for the workshop. This latter construction is more recent, as she made it by closing the wide side porch and turning it into a room where she builds and paints her lanterns. Having been built later than the first, it looks more modern.

On entering the house, one can see a small piece of bamboo furniture with images to pray to, sticks giving out an aroma of prayer, and a bowl of clean water. Once closed, the kitchen with its fire is the central part of her home. Well equipped, although only with basic elements: A cooking stove located in front of the window, on one side some rice bowls and *saibashi*, the long bamboo or wooden sticks used to cook without getting burnt, and two pots with their respective lids hanging. On the other side there is a cupboard with a woven bamboo door: a pantry to store leftover food. Some shelves hold packets of noodles for *ramen,* the exquisite chicken soup, pork rib, oil, soya sauce and broth. An indigo blue bowl with dried fish and fresh ginger. A jar of salt.

In the centre of the kitchen, there is a low table for eating; The *kotatsu*, with a brazier and a futon to keep the house warm during the cold winter. If the door is closed, it is beside the entrance hall, so it can be used to drink tea with visitors. It is an austere and functional space; with everything necessary. The whole area has a traditional flavour, very few pieces of furniture, clean and cloaked in a faint darkness. The floor, covered with matting, muffles and calms one's footsteps, except in the small entrance hall for changing shoes and keeping the inside of the home clean, which is not covered with tatami.

She had enlarged the inside of the house with a small loft, like in her childhood home, and smaller than in the fishermen's house, adapted to sea and river fishing gear. The staircase from the ground floor to the first floor is roofed and has no handrail. The stairwell has a horizontal wooden trap door that can be opened by pushing with your hand over your head. Once upstairs, it can be closed when your whole body is upstairs, and as the trap door is a perfect fit, it leaves a secure space to move around and walk over it in total safety. This floor is divided into two rooms; One, that gives access to the staircase, it is an open space that she uses to store the finished lanterns, so she can move them up and down the stairwell comfortably.

Thus, they are protected from the wind and smoke of the fire used for heating and cooking.

The other room is at the back, separated by a white paper sliding door with a crane drawn on it. It is a small room, prepared for resting at night, right over the ground floor kitchen. In this manner, the kitchen stove heats the air that rises to the first floor, warming it up on the frigid winter days. In summer, the two windows on the ground floor are left open to allow fresh air from the forest to flow through. The roof is sloping and has a hole to let the smoke out, a sort of chimney.

On returning home, before going to the kitchen, she leaves her tunic in the entrance hall and lights the incense that perfumes the space with prayers of blessing. She then changes into more comfortable clothing: a gown tied at her waist with a simple cord, made of raw and undecorated plain cotton. Then, she prepares her frugal meal.

She had begun to prepare the tea, and…the doorbell rang. She got up and closed the door separating the kitchen from the rest of the house and walked to the entrance hall. She looked through the slightly open window, protected by a paper blind, with a bamboo frame and a handle allowing her to open it at will to ventilate the house and look outside. To the left of the door, she could see a pair of men's *geta* shoes.

CHAPTER III

HIM

She closed the window and changed from her home footwear into a pair of *zori*, which are more elegant to receive visitors. She put on a small cape that covered her back and straightened up her body.

She went to the front door and looked outside. The visitor was kneeling on the small wooden porch with his head inclined and arms stretched out, his forehead close to the floor, a gesture of acceptance and resignation, a traditional way to greet and wait.

Opening the door of her house, the only thing she saw was this elegant and as-yet unknown man.

They both stayed waiting for some time, during which silence accompanied them. The breeze running through the forest pine trees seemed to speak firmly because it allowed some small rays of sunlight to penetrate, which looked like twinkling stars when the trees moved.

A brief greeting from him, and the introduction ended. He got up, and his elegant clothing decorated with geometrical figures rustled. It was in the style of *Ainu* dress, still used in remote wooded areas of Ezo. When he stood up, she was able to observe his poise and his impressive appearance. Given the trustworthiness of his manners, his clothing, his abundant wavy brown hair, perfectly cut and tidy, she invited him to come in, and he did it.

They were enveloped in the dimness of the entrance hall. An opaque shadow was projected in the corners, giving the room an oval appearance, like a universe.

They made themselves comfortable, facing each other. She, sitting on her feet in the *seiza* pose, offered him a cup of tea. She retraced her steps and went to the table, opposite the man sitting cross-legged in front of her, pulled the teapot towards her, lifting her sleeve slightly, and filled both cups.

With their hands on their legs, they greeted each other with a brief nod. Outside, the wind was blowing, moving the tops of the cedars. Indoors, the sound of silence mingled with the steaming tea on the table. They brought the cups to their lips and drank slowly.

He put the cup to one side, and placed a small black box in its place, with a red silk ribbon that he untied to open it. The inside was lined in silk of the same colour and held a gold ring with a clear gemstone that shined like a ray of light, and, before her eyes, a fleeting flash crossed the air. He offered it to her with a small nod, suggesting that she should accept it. He spoke with a calm voice.

—This is the gift I received when I accepted to cut the largest and most important cedar in the forest, one ring for one cedar.

She looked at the ring and then at his masculine hands. He was neither a lumberjack, nor a fisherman nor a trader. Those hands could stroke silk, but not tree trunks. So, what was he looking for among the cedars? In her solitude, she had learnt about the forest, its shadows, noises and mystery. She was no logger either; he already knew that. So, who had sent him with that riddle? To regain her confidence, she took her fan and opened it, finding renewed courage before this important and, at the same time distressing, event. They stopped the conversation to drink some more tea before it got cold. She did not wholly understand the Ainu language and doubted that she had interpreted the message correctly.

—I think you've come to the wrong person. It's the snow woman who knows about enigmas. She used to live here, but her new home is on the peak.

—I know, But the enigma must be solved here.

The mid-day light had passed, and the afternoon darkened the cabin and the formidable tree trunks surrounding it.

From inside, it was possible to hear the neighing of horses. Both were a little startled. He turned his head, following some horse riders:

—They're coming for me. I'll return in a few days for your answer.

He left the ring on the table. They slowly stood up and said goodbye with a small nod of their heads at the door of the house.

He put on his shoes, untied his horse from the knob on the sculpture, mounted and left. It was a small group of men. From the door, she saw them departing and following the curve of the rock, crossing the stream. They disappeared, galloping.

CHAPTER IV

THE NIGHT-TIME

She went back into the cabin, closed the door, picked up the ring and took it to her resting room. Then she took the tea service to the kitchen and went to the cupboard to prepare rice with smoked salmon. The night finally defeated the day.

Before going to bed, she cleaned the kitchen utensils: the bowl and the tea set. She prayed before the altar at the entrance. She had to leave the cabin to wash and went to the little outdoor room for which she put on a pair of coarser shoes than those used in the house; designed to walk on earth and mud when it has rained, a pair of simple unlacquered *geta* shoes. When she came back, she closed the door of her house, put out the lights that were still on and lay down on the tatami covering the entire floor area of the main rooms. The kitchen, the area around the fire, the entrance and the bathroom did not have tatami on the floor. That fabric of stalks of rushes, hemp and silk was very new, and one could still appreciate its fresh aroma and splendour. The mats were edged with simple, austere, dark green cloth.

She made herself comfortable in her small space, then unfolded the futon and rested her body, with her head on the *makuna*, the pillow. She looked through the window of that space, the space of the *kaimu* gods, where the divine can enter, and entered the forest dream. She could only hear the sound of wild creatures tracking the ground and sniffing for scraps to eat. Some nocturnal birds were flying overhead, hunting those ground trackers.

Meanwhile, the moon was in the sky, and its timid rays crossed the peaks of the towering cedars until they lit up the cabin where she was trying to sleep, absorbed in dazzling and fleeting thoughts about the ring and the gentleman. Although it was a light that she had seen before, it now seemed to her like an omen. She had seen it in the abyss of drowning, like a spotlight emanating from the bottom of the ocean. It was not a daytime light; it was nocturnal. It was a final light.

—Who was he? —she whispered—. A samurai nobleman?

Although they lived in other islands, the villagers had spoken of these men, and their honesty preceded them.

A wolf howled in the distance —*yama-inu*—, the dog of the mountains, one of the few that still lived in Hokkaido. The silence closer to her home defeated her, and yearned sleep won over the thoughts of the day; the doubts about the gentleman with the ring, the galloping of horses... His difficult to answer question seemed like a crossroads.

It was soon daytime; the moon had disappeared. Light already illuminated the lower parts of the clouds, but it had another strength; it disclosed the sky's darkness, turning it into a pinkish-yellow cloak: a shining of life.

The sun's rays took a little time to pierce the needles of the cedars, but they finally illuminated the cabin and woke her for her daily chores and the obligations that kept her alive.

After a necessary wash and a frugal breakfast, she prepared for bathing.

CHAPTER V

THE BATHING

The water of the stream flowed into a small natural pond, protected from the view of passers-by by a thick plantation of bamboo canes. She did not have an *ofuro,* a bath, at home. And as she lived far away, neither could she share the communal baths–*sento*–, like when she lived with the fishermen. It was not a *rotenburo,* open-air hot bath; it was a humble natural pond. Everything was ready for a quiet and sunny mid-morning bath. She shared the space with water lilies that opened their magnificent flowers, and little frogs that jumped from the flat leaves into the pond, to disappear with a quick and sharp plop.

Entering the water was like a gift of nature for her. She untied her pigtail, and her hair soaked in the water, first floating on the surface and then sinking into the pond. The water was a balm for her skin and her peace of mind. Little by little, she calmly and smoothly swam, as if she were caressing the density of the water.

She returned to the bank and stood still, serenely quiet. This peaceful devotion reinstated the fragile stability of her surroundings, and the frogs started to croak again, confident that they were alone. The birds began singing, knowing that they would not be disturbed. She was just another flower emerging from the water that had received her since her arrival, after the long exile from her homeland. She submerged in the small pond and, when she got out, tiny salty drops of water ran down her face -Pearls of naivety and nostalgia.

A ray of sunshine lit up the surface of the water. A fleeting reflection that reminded her of the ring's shine; she saw it in the pond as if it were rising from the bottom of another age. But now, her concern was the visit, and she had to concentrate on how to solve the riddle and start to find a solution. This shine reminded her of her responsibility.

She should visit the wise snow woman that belonged to the forest, its roots and its fruits. A person who knew how the mountain breathed and the exhausted breath of tired souls and someone who in the past had saved hers. She would know how a deal is reinforced or fades away, how a riddle becomes entangled or clarified. Why a jewel for something impossible?

Now she had to finish her bath and return home. She left the water and dried her skin softly. She got dressed and pulled up her hair after brushing it for a long time and drying it little by little, then tying it up in a jet-black pigtail that she had inherited from her mother, brilliant and smooth like hers. While doing this, she remembered the songs her mother used to sing to her while brushing her hair. These were moments that alleviated the torment of her painful bandaged feet. When she finished brushing, she had to attend to the soles of her feet. She was sitting on a rock, and took them, one by one, caressing the creases in the toes and skin of the sole of her foot, caused by the time dedicated to stopping it from growing, its fracture and the hardening of the new annulled articulation. The soles of her feet, her toes, nails and skin needed a lot of care. She had to clean those infantile and invalid toes one by one, the folded and tight skin, to avoid them getting diseased. Once clean and dry, she bandaged her feet again, but looser this time. She was no longer subject to the tyranny of lotus feet. Now, little by little, they could continue slowly growing. She would no longer have a perfect arch, the half-moon feet. She wanted to wear *tabi,* the socks well done up with a button on the ankle and the shoes that fitted well between the big toes. On the islands, her life began to breathe.

When her clothes were clean, she was ready to return home, carrying the washing basket. She had washed her clothes in the spout where a stone slab was used as a small wash-place. Now she just had to hang them up and wait for the sun's rays to dry them. She walked slowly and calmly, with short and slightly swaying steps. Fragile and faltering steps that returned her to the immense luck of being at home.

CHAPTER VI

THE WELCOMING

She was rescued from the shipwreck and taken in by the family of fishermen that saved her from the sea and released her from her shackles. They helped her with food, clean clothes and rest. The snow woman visited her and cured her arm. It would be scarred, but with her medicine, it would be saved, and, with understanding, her soul would be saved as well.

She would be eternally thankful to them. Even though they did not understand each other entirely when speaking. She soon learnt the new language, new words, the basics to understand and communicate first. Then, when she was cured, she helped with the repair of the fishing nets. She sewed soles of multi-coloured and tough shoes, which the fishermen were unfamiliar with and liked, as they wore *waraji*, woven sandals with a straw sole, practically unbreakable and which protect the feet while at the same time expel water. When they went fishing, they would tie her shoes to their ankles to give them confidence.

She gave away her embroidery skills with silk thread,

beautiful flowers on the clothes of girls and women. But her special talent was painting. In her parent's workshop, where they made and decorated lamps, lanterns and candles with rushes and paper decorated with paintings. She learnt some words that she inscribed with their symbols to paint tributes and dedications.

When she had free time in the fisherman's house, she began to make some of these lanterns and give them to the family. They were surprised, admiring her talent and hung them in the windows of their house. They soon attracted the attention of the neighbours who would come round to look at them. The comments could not have been better, and the inhabitants of the humble village spoke with the fishermen to find the way to obtain some of those lanterns for their cabins, because winter was coming, and the days were getting shorter. And the lanterns offered better illumination in their homes, when the fishermen and craftsmen that lived in the village sat down for dinner with their families.

She needed space for a workshop to do this, and she also had to speak to each person to find the best and most beautiful image for each family. Therefore, she needed to know about the life they led. For her saviours, she painted a sailing ship with open-handed fishermen expressing their bravery. Beyond fishing, compassion for an unknown girl resided in their hearts, shackled, terrified by the shipwreck and almost dead. Their immense kindness was depicted by their open hands, like their hearts, within a gigantic and distant wave. Then, they realised that her painting was more than random images. It was not just decoration, but something much more profound; Something that was in the soul of each person. It came from the core of her being. They had helped a slave and had received nothing in return. Now she had a cabin prepared with the help of the villagers.

CHAPTER VII

CHILDHOOD

She had noticed some soft footsteps while looking through the window. She appreciated that quiet, timeless peace. Seeing that woman, with an airy and humble gait coming along the path, she asked her mother:

— Who is she?

Her mother was silent in response to her daughter's curiosity and was shaken by fear for what she felt. Why had her elder daughter noticed that solitary old lady who appeared like a breath of air, leaving no footprints.

All girls in all homes of all streets had to do domestic work; they were absorbed by and subservient to their obligations, without looking beyond their chores.

However, she would see the woman passing by every day on her way down to the village and returning home with a little sack of rice and a ginger root.

The woman would walk with her gaze fixed on the ground, humble and prudent, because the stone-paved street with steps that levelled the climb did not offer a very

---

121

stable surface. Her tiny shoes were of no help to navigate the pebbles on the path.

The girl put down the work in her hands and silently went downstairs to the ground floor and, unobserved by anyone in her family, she walked behind the woman until she reached the first hill, the small slope that was like a small border. At the end of the street, she came to the last house before the fields and the path used by carts.

She walked close to the walls so as not to be seen, leaning on them, sidestepping the baskets in front of the shops. Hiding among the sellers, her small body sliding between the fishermen with their street vending stalls. In this manner, hidden and incognito, she managed to leave the village houses behind. When the last home looked small in the distance, she felt like her footsteps were lighter, until she caught up with the woman, because her footsteps had not lost their pace. She did not know how to approach, so she threw a stone to one side of the path to attract the woman's attention. The stone ruffled some bushes that moved and seemed like there was an animal in them, to surprise her and make her stop in the middle of the path in broad daylight. Then she would approach with the excuse of helping her. But when she was before her, she felt like a tiny child and words crowded in her throat. She lowered her gaze, and they remained in quiet but close silence.

—So, it's you? —she asked.

The woman exuded such confidence and calmness that she felt brave enough to begin speaking without fear or risk.

—Yes. She blushed and stared at those almond eyes.

— What's your name?

—I'm the elder sister.

— Does your mother know you are here?

—No.

— What do you want?

—To know who you are and what you're doing... I watch you every day when you walk past the house.

— You stop your work to look at the street?

—Yes.

This childhood memory before the she was taken in the ship now comes to her mind. She remembers the old lady, and, in her face, she sees herself. As if the passage of time had brushed by her and taken her somewhere else.

CHAPTER VIII

MEMORIES

The girl turned around on hearing the noise of a woman approaching with an expression of fear and rage, desperate footsteps and icy eyes, imagining it was her mother.

Mother and elder daughter looked at each other.

— I think they're looking for you — said the old lady, who perceived the hardness of the encounter, it was familiar to her, but she saw no more of that scene because she turned around and left behind the meeting that arose from the girl's small but significant escape. She continued with fragile, short and light but firm steps, her route along the path that took her away from the village, from her own steps and led towards the mountain that would embrace her like an orphan. The pace of her steps brought back to her mind the dark times of her childhood. That hostile memory shook her. How similar were mothers and daughters, even in different places and times!

She recalled once when she was small and went out into the street to learn more about some footsteps that attracted her attention. But turned her head on hearing a voice calling her name from the other side of the street. It was her mother, shouting from the door. She had left her house look for her. She caught up with her, grabbed her arm and pulled her. She had endangered her future; the tearing of her feet turned her into someone dirty and would lead to an unworthy life. Only lotus feet could guarantee a good marriage. If she untied herself from this responsibility to follow the footsteps of an unknown woman, she would be on a slippery slope to the unknown. Her mother did not let her go of her until she was locked in her room on the first floor of the house, not without first spanking her legs and removing her bowl of food. Her life had unescapable norms that must be abided by. As a daughter, it was her duty to follow tradition to become a well-positioned wife. She had to learn to control pain because she would have to bear children, be a mother and know how to bandage her daughters. An old Chinese saying says:

«A mother cannot love her daughter and her daughter's feet at the same time».

The cruel trial was to be found in the feet, hoping that it would not cost her life. While her childhood and youth were dedicated to obedience and constant work to contribute to the family economy, sewing shoes, embroidering cloth, preparing yarn for the lanterns and their delicate fabric of bamboo and silk for which small hands and agile fingers were necessary. With her feet well bound, her hands were more productive for hours and hours, instead of looking at the street, going out to play and running in the cool rice field.

This hostile memory made her hands tremble so much that she rested them on her chest, eyes blurry with tears. In her traditional upbringing, her mother needed to maintain the good reputation of daughter and family to create strong links with the matchmaker and confidence for her delivery: The acceptance of a new family that she would become a part of.

It was indispensable for her to be aware of all the sacrifices that awaited her for the rest of her life. Her daily existence would be surrounded by women who would control her forever and with whom she would have to share everything. Therefore, above all, she had to be an obedient and resigned girl, docile, submissive and without complaints, confined in another home to continue offering her self-sacrificing service.

But she did not really know what to expect from life because of the decision taken by her family. The worst was yet to come, and the best as well, although, as yet, she knew nothing. Now, in the islands where the sun is born, she could find answers to so many questions.

How had she reached that corner of the deep mountain with the tallest cedars on the island?

She consoled herself with memories of cherry trees flowering in the valley, and the shower of petals brushing away her sadness, the injury that reminded her of her ruin.

Chapter IX

CONTEMPT

The day had broken with darkness. The sun behind the clouds anticipated a still distant and strange storm that would have a sinister outcome. The elder daughter was working with silk, embroidering beautiful flowers on a jacket, on the area over the heart. She was preparing her trousseau, as her parents had already struck a deal with the matchmaker.

She was next to the window, so the direct sunlight could enable her to embroider with small and close stitches, more than embroidery, it would look like a natural flower.

She was in the sisters' room, working on the first floor of the house, as always, when she heard voices downstairs in the shop and the lantern workshop where her father and her younger uncles worked. But she recognised another voice, the voice of a man, speaking very firmly. He was hitting a paper while shouting, as if as trying to prove something vehemently, until he gave a last yell and left. It was not a friendly event. It was decisive and turned out to be implacable.

At that moment, a bee came into the room through the slightly open window. It caused a commotion because its buzz threatened stings. Coming close to her face, she brushed it away with her hands. Waving a piece of silk from the basket, her mother blew it out of the window. Everything was calm again. Then she closed the sliding paper window, reducing the light, but avoiding the entrance of annoying insects. The morning continued its gentle butterfly flight until her father called her mother from the workshop. His voice echoed in the stairwell, even though the trapdoor was closed. Her mother stopped working and went down, following the order, because she could not disobey. After a brief conversation, she heard her mother's shouts and lanterns falling on the floor and rolling. There, in her workplace, which was always clean and tidy, disorder broke out as the result of a desperate action.

She went down to the ground floor and saw her mother crying, her father and her uncles walking round the workshop and going out onto the street with terrible cries.

It was midday, and, as always, she went to the kitchen, lit the fire in the stove and placed water for boiling the rice on it.

The jar was on the shelf, near an opening where you could see the vegetable garden with huge pumpkins ready to harvest. She leant on the sill of the open window to see the innner patio of her house. The lamps that her father made were round, resembling that orange vegetable. Next to them there was a tree.

Everything was at rest; one could hear the murmur of the water. A silence that seemed peaceful, but which harboured the most sinister of results. The calm before the storm is threatening precisely due to the uncertainty of its magnitude that could overflow everything. The innocent girl was oblivious of what was about to take place.

The water began to boil, and a few tiny bubbles moved in the pot turning into steam. There was a pretty swirl in the vessel because the steam was curling up. She moved her face closer to look inside, and it was moistened with tiny, brilliant pearls. That bubbling took her out of self-abstraction and told her that it was time add the rice.

So, she took the jar and dispensed the right amount to feed the family. The water stopped boiling immediately, to begin again soon after. She had to stir it. The house was small, but the kitchen occupied a good space, the centre of everything- the heart of her home.

She took the jar, opened it and, very carefully, poured the rice out, which descended to the bottom of the pot, while a patch of whitish colour engulfed the bubbles. She took a long bamboo spoon and stirred the grains so they would be loose and soaked in hot water, adding a little finely shredded ginger.

She put the lid on it and controlled the fire so that when it began to boil again, the pot would not boil over and spoil the food. She seasoned the chicken and placed it in the hot oven. She also stacked the bowls for the meal.

During this time, the kitchen filled with heat, steam, the aroma of rice and the freshness of ginger. She felt the peace of home.

Suddenly, her mother came in like a whirlwind, took her by the arm to the back of the workshop, where her father and uncles were, and placed her in front of them, she had to kneel, as if it were a trial.

—The rice! —she said, like a lament— it's almost ready, and it's going to overcook.

—You! —shouted her father, beside himself—. You must go away. You're going to ruin!

It was not a conversation; it was an order.

—Prepare the meal and then clean up, pack your things and go!

—It's all your fault! —they all said, at once— but without looking at each other.

When she wanted to ask where? With who? Why? But her parents and her uncles had already got up.

On leaving, each of them kicked her while her mother held her, and she protected herself as well as she could, covering herself with her hands and protecting her head from the blows of a stick with her arms. She was lying on the floor, and her mother dragged her to the kitchen, pulling her body as if it were a sack and leaving her on the floor.

When she was able to get up, she had to get back to work. She wiped the tears from her face and dried it. In the kitchen, the rice was boiling. The grains were dancing, expanded with the water and the heat. She stirred them again with the spoon while they danced in the water. The chicken that she had put into the oven to cook was browning and perfumed the kitchen with wholesome and tasty food.

She laid the table and got everything ready for the meal. She put the water to boil for the tea. The whole kitchen was smoking and steaming like a cloud.

They approached like vultures, sat at the table, and she had to serve them their food: Some spoonfuls of rice with ginger in each bowl. Then she brought the bottle of soya sauce. She had cut the chicken and served the pieces, which her family took no time to devour, spitting the bones onto the table and the floor, exuding gluttony. Finally, she served tea. She saw them eat very noisily, sipping the tea and clicking their tongues on their palate with satisfaction. They left everything untidy. She ate nothing, although nobody noticed that. It seemed like she was no longer in the house because nobody even looked at her. They got up, leaving the kitchen in a mess. She had to clean everything up.

Then she went to the room on the first floor and made a bundle with two garments and a jacket, her slippers, a comb and her fan. All in a cotton bag to hang from her shoulder before going down to the street. When she went to pick up the silk she was embroidering, her mother took it from her hands and put it back into the basket.

—It's too good for you —said her mother—. Where you're going, you won't need fancy dresses. There they'll take them from you.

Nothing was for her anymore. The chrysanthemums would remain unfinished. Her younger sisters hid behind some baskets. She went down when she heard a cart coming and expected to see the matchmaker, instead, there was a man who pushed her into the vehicle. Then the moneylender crossed the workshop and the shop and displayed a signed paper. Her father took it and, with no words at all, they departed. They had left her to an unknown fate, with no farewells from anyone. A transaction that had sealed the deal. Their daughter had been the payment, with no doubts and without looking back. Her eyes filled with tears as she went over the horizon, staring at the dusty road stretching ahead, with the trotting of horses and carriages going to the port.

CHAPTER X

A SEA VOYAGE

Crying internally, she arrived at her destination, was taken off the vehicle and put onto a ship. The cabin boy took the bag with her few belongings with the intention of robbing her. After seeing that there was nothing of value, he threw it to her feet. She picked it up avidly and held it between her arms, looking at her trembling hands. That bundle was all she had left from her old life. From now on, her destiny was uncertain and cloudy.

The most painful thing was the shackle on her arm and feeling how it closed. This was done by the sailor, his breath stinking of alcohol and sour sweat while laughing.

In a short time, the ship's hold was filled with all sorts of goods: bundles of cloth, baskets... They closed the hatch, and she was left in the dark. The girl was just another object.

She felt everything move and began a voyage to the unknown. There were no windows, not even a crack to offer her a view of the outside. It was an unfamiliar environment, violent and dirty.

The first sway was gentle because they were still in the harbour, then they reached the open sea and the ship began to creak and move a lot.

She did not take long to realise that a storm was over their heads. Thunder, lightning and giant waves surrounded the ship, making it look like walnut on the sea, more and more distant from the continent. The bundles of goods began to move, and everything was noise. The frightened birds huddled together at the bottom of their cages.

The maximum noise occurred when the mainmast creaked due to gusts of wind lashing it, and then snapped; the cracking noise seemed like it would never end until it fell and broke the deck which was the ceiling of the hold, and rainwater began to enter first, then seawater. She tried to free herself from her shackles, but it was impossible.

Water soaked the bundles of cloth, and the weight of the ship increased uncontrolledly. She looked for something to release herself from her bonds, but there was nothing to be seen, and nobody was in the hold to hear her screams. Just enormous rats running around uncontrollably.

Waves battered the ship until it crashed into rocks, smashing into pieces.

The bottom of the hold broke, and the ship's hull split open like a piece of fruit ready to be devoured by hungry jaws that roared from the seabed, like a primal scream.

Water flowed into the ship, and in a few seconds, it was completely engulfed.

She disappeared among the waves, dragged by a powerful and unbridled current and surrounded by a thousand fragments of bamboo and foam in a turbid and dense whirlpool.

She heard the screeches of caged animals drowning,

their eyes wide open in terror. The large bundles fell to the bottom, and she saw the bodies of two drunken men pass by her, with injuries leaking dark blood, wrapped in the sails like a salty shroud. When the ship sides' broke, the ship disintegrated like threads of fabric unwinding and dissolving in the ocean water.

Another unexpected impact, more brutal than the first, lifted one of the sides where she was secured to the wood into the air like a catapult.

She felt herself sinking little by little, drowning and then rising up into the air far from the ship until she fell, together with the piece of wood that held the shackle on her arm, she felt it hitting her head, and drifted with it far from the shipwreck.

A chaotic collection of fragments of what had once been a vessel, her prison, without having committed any crime, which she was now freed from: Could now turn into a painful punishment, like falling down a cliff to nowhere.

Half unconscious due to the impact and attached to a piece of wood floating on the ocean, pushed by the waves moving away from the rocks, following a back current to the reefs where the waves were hopelessly broken. The current had taken her out and, with the sea now calm, she floated in a logical roll. The sky, which had darkened with the storm, seemed to be getting lighter, nevertheless, it was evening, and night would soon fall.

She heard a murmur of voices from a boat close by. She was terrified with pain, cold and fear when she felt ropes holding and pulling her.

She could not see who were speaking, until a light made her squint. They were fishermen pulling their nets up onto the boat. They helped her, of course, and she got into the boat, leaving the sea behind. The water drained from her body. They lay her down on the floor and untangled her from the net that had captured her as if she were a fish. They immediately saw the piece of wood, the shackle, and injuries on her wrist. She was firmly holding a bag with her other hand.

Breathing agonizingly, asking without uttering words. Her parched mouth swallowed the freshwater deliriously, and she entered an unsavoury sleep, leaving her battered body in view of everyone. They covered her with empty dry sacks.

The men finished their fishing, pulled up the remaining nets and put the fish in baskets while they made for the village jetty and reached their homes in the small boat.

On arriving, they announced that they had found a body, took her into their home and delicately released her from slavery, splitting the wood and breaking the shackle. She opened her eyes and saw a whole family looking at her. She could not understand what they were saying. The women helped her to change into clean and dry clothes. They notified the snow women. She was with them: They unbandaged her feet and, with horror, saw that she was a broken girl. Containing their stupor, they cleaned her feet, and she rested.

She ate two spoonfuls of hot boiled rice and they put her in a bunk bed with her freed arm bandaged. Exhausted and clean. Re-established, on seeing and feeling so much goodness, she smiled. She had arrived in Japan.

They the boy swim under the sea bed of water. First, _____ _____ _____ ____ their ____ __ ___ over the _____ _____ ___ _____ crossed ___ ___ ___ ___ the _____ ____ ___ __ __ vegetable garden ___ ____ the vegetable, ____ been cultivated ____ _____ ____ _____ ____ is served her _____ ____ ____ ____ close to the sea.

CHAPTER XI

THEM

Everything in the house had a purpose, which was for fishing. Early every morning, the fishermen went out to sea to fish. They usually left before sunrise, and everything they needed to take to the boat was ready at the entrance. So, nothing would hinder the rate of provisioning of the baskets and nets, food and clothes. Reed untensils for special fishing were hung on the wall of the staircase leading up to the first floor. Under them, the nets that had been repaired the day before were piled up. The small kitchen was misty with the steam of boiling rice that the men took to the sea with smoked salmon and some fruit. All well wrapped in bamboo and wicker baskets, their provisions for the whole day. When they left, the bustle of the house calmed down.

Then the home was under the control of women. First, they washed and look after their children; they swept the floor; prepared the food, cleaned the kitchen and the toilet; Looked after the vegetable garden to harvest the vegetables and fruits; cultivated the rice field; repaired clothes; sewed new clothes; went to the forest for firewood and looked after the elderly of the house. Work begins at one end of the house, and, like a giant warp, it is deployed all over the home like a hive where the bees can be seen in all the splendour of their production and care.

In this constant and laborious life, she managed to find some time to paint. At the end of the patio, a small, roofed area that had protected a cart was now empty. She could store her tools for making lanterns and the paint to decorate them. When someone needed her, they called her, and she went to the entrance. Outside the house, next to the front door, the deal was closed.

With time and new orders, the workshop became too small, and the hours dedicated to it were longer. Client's visits could not be attended because the ground floor was dedicated to fishing and the first floor was for the house and tools to cultivate the small rice field that offered them sustenance. The patio was for the vegetable garden and the animals, and the small, roofed area was tiny.

CHAPTER XII

LIKE FIREFLIES

So, she would ask for help to repair the old cabin, with a lot of effort. It was in the forest, close to a prosperous wood merchant who had built his house with a clay ceiling and on a high and sunny hill.

It was the hut where the snow woman had lived before she moved to the most isolated corner of the mountain. That small building was in the middle of nowhere. It looked like it had arisen from the shadows. Now its roof needed repairs; the windows needed renovation. It needed help, but the repairs would cure it, and it would offer its noble fruits. She had physical limitations, her feet were too small for the mountain, but there she was, closed on herself. Next to the small house, she would prepare a well-ventilated porch for her handicraft work: Paper lanterns with paper and drawings; a gift of colour and light in that shady corner of the forest. With no protection, she would try to leave all her fears behind.

Now she remembered the instructions for making the handicraft that would take her to a new life, to another new life. From then on, she would go to the village every day. She would go from the forest to the sea on criss-crossed routes with subtle lightness and discretion; Carrying the orders she had crafted. When she delivered them, she would receive food or cloth in exchange, subsistence bartering. The work increased when the festivities were near, and distribution took up more of her time. Then, large orders were picked up at her home, where the exchange took place, and customers arrived with heavier loads: A bit more rice, meat, firewood, birchwood... Part of what was received for each order was delivered to her friends' house in gratitude for the expenses incurred in saving her life. It was better to comply with the dictates of her heart. She also had to put some aside to pay for the material supplied by the wood merchant, who she did not know. She only saw the administrator who collected the charges agreed for the repair of the house. The workshop part was her expense. Another expense!

Her everyday life followed a constant pace, full of obligations, like the swaying of a rowboat, the buzzing of bees, the procession of seasons in the year or the passing of time. But everything helped in her recovery.

During one moment of her work, the memory of the gentleman's ring and his riddle appeared dazzlingly. How her life had changed in such a short time! She had contributed to improving the lives of the villagers, especially at night-time. The small village on the sea, full of dots of light like fireflies, like a luminous constellation, full of life and colours. She would contemplate the silence of the village from a distance.

It had been a life coming from her soul, once again. After having held so much death inside her, she had arisen from her embers and her ashes.

CHAPTER XIII

THE WOMEN

According to an ancient oriental legend, in remote villages, there lived women called «guardians of mundane secrets», healers of bodies and minds. They could usually be found on the outskirts of inhabited locations.

In summer, they would dress in white flowing cotton tunics, splendidly made and soft, without being fragile; tough without being rough. With a hood to protect from excessive wind or sun and wearing a light straw hat so the breeze could blow through the fabric and cool the wearer.

The tunic had buttons covered with the same white cloth to close the neckline, from breast to neck. It could be tied at the waist with a simple strip of the same white cotton cloth to raise the dress and walk without treading on the hem; they were called *zori*. With pockets on both sides, everything was perfectly made.

In winter, they were protected from the cold with a woollen dress of the same quality as the cotton one but much warmer, mixed with silk to protect from the freezing wind.

It had a hood, like the summer dress, but this one

was much wider, to hold a cap and cover their ears from the freezing winds of the mountains, and the hat was much thicker, to resist the cold on the way to their cabin in wintertime.

Their tunics were long, down to their feet, but they could tie them with a belt that would allow them to close as well as wrap the tunic tighter around their body and thus avoid it dragging on the ground.

That is how they cared for their clothes to make them last longer because it was hard work to weave them. Their hands were protected from the cold wind, which sometimes blew stronger than others, by wide sleeves.

Their footwear, as well as hats, would change according to the time of the day or season of the year.

These women lived alone. Nobody remembers when and how the first of them dedicated themselves to silence. Neither does anyone know who they are, being nameless. Although everyone knows that they have existed from time immemorial.

But, since when? Since people lived in the open and found refuge far away in the shadows of the forest? Or since human beings lived in huts by the river and these women would go to find shelter in the rugged mountains?

It was precisely the mountains that would maintain the secret of their existence without a written record. Life continued incessantly, and the ancient traditions, accepted and respected by all, endured.

The women did not know either. Sometimes, in each village, a girl would begin to distance herself from the town, from her house, her family and started to live in the forest. It was an example of freedom, which over time, was inevitably accepted by the community.

One can say that it happened strangely, because everything in society was prepared and organised so that the general population would follow a useful life of service, work and effort for one another. Especially women, due to their domestic duties, responsible for giving birth to children, continuing the lineages, bringing the children up and managing the home.

Customs continued among family members and between the families in the village, following rituals that had defined life for centuries and millennia, immobilised by the conscious weight of tradition.

In this narrow space of free decision, some learned from others, saw how they lived and then chose their destiny. Their tunics kept them at a certain distance. Their almost imperceptible presence was felt. The exquisitely clear and directly opaque colours made them invisible: White under light and black in the darkness.

Although nobody admits they have gone to them for help and support, they continued living, and everyone accepted their existence.

The guardians of secrets of the life of the villagers are like immense clouds that hold water inside. They hide from the noise of battles and take refuge beyond the victories, while the clashing of swords can be heard in the valleys.

The murmur of fear shakes the air. Birds flee to the shade of pine trees. The river waters blush and are filled with overwhelming shame: the bodies also fallen for nothing at the hands of other bodies, also fallen for nothing and nobody. In the distance, the straw-roofed huts burning, like a useless offer to absent gods, are dazzling.

They live, hidden from the passions of others, who, sooner or later, will resort to them to vent their shame or blame to pure souls. The elegance of their short steps attracted the gaze of the inhabitants of the neighbourhood- a slight noise, like their absolute discretion.

This was the life she had observed in the old lady in her native village when she was still «the elder daughter». Now, on the island, she had met the snow woman, who spent her life on the highest point of the hill on the island of long winter.

After learning the route to follow, she decided to go to her hut and ask her about the enigma of the ring and the gentleman.

CHAPTER XIV

FOOTSTEPS ON THE SNOW

She dressed up warmly, shut her house and left very carefully, starting to walk slowly towards the mountain. The usually narrow path was even more so now because of the snow that formed an imperturbable blanket, without footprints, with no signs of life, silent. Now and then, a bird would fly to another branch, and snow would fall from the pine needles. As she ascended, trees became scarcer until the landscape was bare, and the hill was a wall of rock and snow.

Round the bend, a cabin clinging to the mountain came to view. Its smoking chimney indicated that a fire harboured life and seclusion.

She approached timidly, shaking off the snow on her *fuka-gutsu* boots, made of braided barley that protected her from the damp and cold to walk on the snow. That morning on her *kanjiki*, rackets so as not to sink into the snow and travel safely and dry on snowed terrain in the mountain, she rang the doorbell.

After a short time, the snow woman opened the door

and quickly closed it again so the freezing wind would not enter. She had a teapot ready with water because she had seen her coming. She put down a bundle of firewood because it was sure that it would be useful for the woman, as well as a basket with food.

They sat opposite each other, close to the fire, to fight the freezing cold. She introduced herself. The woman remembered her and stared at her, observing the immense change she had undergone.

She took her hand to see if the injury had healed well. Staring at the scar and stroking it with her fingertips. She let it go, and they had some hot tea.

—What brings you to my humble house in this cold weather?

—I've come to speak to you about an enigma because I think the gentlemen came to the wrong person, and you are the person to solve it. But, first, I think I should explain myself and tell you what happened to me from the moment I appeared in the village. I know your language better now, and I can speak.

—Go on. Tell me as if you were speaking about another person you can call «her».

—After the terrible shipwreck that had taken her to unknown lands, she was the only survivor, attached to a piece of wood by her owner, in a ship that sunk. She followed the waves, floating to the shore with her belongings also floating when they left the ship after a deafening noise. That young girl survived from a sure death alone, following the force of the waves that took her to a small village where she was rescued by fishermen returning home from their fishing. A mark remained on her wrist. The scar that defined a time when she was a slave.

—But what had happened to her before boarding the ship?

—She was the elder daughter of three. She lived a quiet life; she had passed the worst part of the foot binding, and the pain had receded quite a lot. She lived getting ready for her wedding, she would have to travel because her husband to be lived far away, she would never see her family again, but she was ready for this. Suddenly she was obliged to leave her family home.

—Did the matchmaker take her to her new home?

—No, she never saw her; it was a man, a money lender.

—Why did her parents abandon her to a trafficker if she was getting ready for her wedding?

She doubted a little before telling something so shocking.

—It was midday, while she prepared the meal when her parents and uncles hit her. They had sold her to keep the house and the shop.

—Why did they need the money?

—Due to their gambling and alcohol debts. The elder daughter was the bargaining chip that paid off her family's debt with the foreman, the lord of goods and properties, women and destinies.

She had lost her family. They had detached themselves from her to keep the lantern craft workshop open. They lost a light but retained the business in exchange for sad and sticky darkness. The injury in her soul was much more profound.

—What happened to her parents and little sisters afterwards?

—That girl managed to survive. She listened to her own crying.

———

154

The snow woman listened to the story in silence; she looked at her with the eyes of an open and understanding soul; she let some time pass, listening to the crackling fire, while it continued snowing outside like a tame mantle of lacerating pain.

—What is that box you've left on the table?

She told the story of the gentleman's visit and his ingenious and enigmatic proposal.

—It seems disproportionate at first glance. It's not a cedar. It's the largest cedar. I need to know which one it is and where it is. And why he came to me? Why my hut? What was the importance of this ring?

The woman looked at her softly, smiling.

—It could only be a deal. Something relevant to pay a great debt. For someone whose life no longer enjoys the pleasure of time. Regrets? Which is the only house where your lanterns are not shining? Yes, the whole village is alight thanks to you. When you have found it, you will know the meaning of a diamond in your hand that makes the others shine.

She accepted the advice without understanding the second riddle. In the warmth of that isolated home, she had revisited the scar on her arm, the one that she stroked and felt during the sweet bath among the water lilies. She closed her eyes and let some time pass, encouraged by the good things life offered her, understanding that nothing was easy. Her youth was no guarantee of a comfortable and secure life, but of a time of constant transformation. The time had come for her to go. They said goodbye deeply, and left.

The descent was again a white canvas. The footprints, her footprints going up, had disappeared, covered with new snow that crunched under her feet. She covered her hair with a large hat made of thick protective cereal that allowed her to see in front of her without the snowflakes freezing her eyelids and impeding her vision. Thus, she avoided falling.

She tried to move forward, although she had to stop. Huddled under a tree to feel sheltered and protected, attentive, without forgetting the way back, because the storm was suddenly getting stronger, and she was exposed to the desolation of the open.

The snow woman saw her going down the mountain like a ball of wool, huddled up. She was fragile, vulnerable, deeply honest: innocent. She saw her with her empty wicker basket hanging from her back, huddled up into herself, accepting life in that snowy desert, warm and protected, but with a hurt soul that kept her small and in pain, exposed with total bareness.

Getting further and further away, she seemed like an isolated spot that contained all life and struggle, but also the acceptance of a remote past, an uncertain present and an immense future, until she disappeared from sight and the mountain returned to its frozen calm. Little by little, the wind began to whistle in the heights and lift the snow to start a blizzard, which made the cabin invisible.

CHAPTER XV

ENIGMAS

It must have something to do with the «important wood merchant»- the grand manager of the forest. These were her thoughts while she progressed through the snowstorm, with her legs wrapped and the woollen cape well secured and her hat. The view from the cabin was getting smaller and smaller, until it became a delicate snowflake.

She would have to go to the large house to see if there was really a lantern of marvellous paper, to see if it was the house that ignored her. While these thoughts went through her mind, it was getting dark. The Moon guided her on the way back. The white light illuminated the snow after the storm. An intact layer of snow reflected the celestial light. And she, in the middle of that frozen land, guided by the vitality of the future, made for her cabin.

She went to the large house, and it was really dark, with only the minimum light. It rose from the earth like a large silver fir tree of wood and tiles, but without light or life. She felt consumed by a desolate cold and ran back to her house. The snow had gone; only cold and silence remained. On entering the forest, the ground had white stains of the snow that the pine needles had not been able to hold.

On approaching, she found a visitor waiting for her under the porch. Horses were tied to the knob on the rock. She approached, not without some fear, but the cold dominated the fear. She entered after brushing off the snow that she had brought down with her from the mountain. She lit her house and invited the very warmly dressed gentleman to come in, as it was very cold, and lit a small fire. They sat in the kitchen, because it was quickest place warm to warm up. He had arrived galloping, like the last time. He opened the small box inside which there was a gold bracelet. She was shaken on seeing a ring that vividly reminded her of her shackle nailed to the ship. Could it be a mere coincidence?

She placed it next to the ring and waited. They soon started a conversation that was surely long-meditated.

She placed the diamond with its thick features that turned it into a brilliant and deep stone at the same time. The jewels were between both of them.

—If you cut the tallest cedar in the forest, on falling, others will fall with it—she said— with the prudence of fear.

—It should only be one.

—Then it cannot be whole—she said—. Why is it so important that it is only one and in one piece?

—Because it is an order.

—For what purpose?

—A gift.

—And if I don't find it?

—Life is dangerous. It's in danger.

—I know. Once fallen, how will it be moved? Who is it for? Will it go to the sea?

There was a silence.

—What is the cedar really? —she said very quietly.

The cosy fire turned the kitchen into a breath of life and hope. The steaming tea would help to reveal the enigma. She took the bracelet out of the box. The gentleman was moved.

—What is known about it?

—I have no answer.

The gentleman finished his tea. Said goodbye and, with no more words, got onto his horse and left.

The day finally ended.

Chapter XVI

THE GRAND HOUSE

The storm was abating, and the sun melted the snow into water that flowed uncontrolled. On both sides of the paths, streams appeared that ran with a gurgling noise, following the slopes, downhill, towards the village.

Before the paths began to receive visitors and get muddy, she decided to go to the grand house. As usual, before leaving her cabin, she went to the altar to pray, and then incense embellished the house with purity. She dressed in her best and warmest clothes, took the ring and the bracelet, and made her way to the palace of the principal wood merchant of the villages.

On approaching, she saw the horse that had visited her twice. She came to the imposing building, went up the stairs to the porch, rang the bell and waited.

A servant opened the door. Nobody could turn up without having asked the gentleman for an appointment. Nevertheless, when he saw the ring shining on her finger and the gold bracelet on her wrist, he did not hesitate; he knew he had to let her in. And that is what he did. She was made to wait for the gentleman. She was in the waiting room, a hall that was larger than her whole cabin.

When the main door of the waiting room opened, she kneeled on the floor and waited for orders to approach him. She greeted him three times and received permission to get up.

On lifting her body from the floor and looking forward, she saw a marvellous room with a lacquered table and the whole floor covered with a new mat. The windows filtered the sunlight and stopped the wind getting through the cracks; they were made of glass.

She approached the low table where the cook had prepared a tea set. She kneeled in front of it, and so did he. The slowly served tea seemed to accompany their souls in the quietness of the moment. She still did not dare to look at the gentleman's face. Her short breaths seemed like the beating of a large heart that gave life to that magnificent room with luxury furniture, but empty.

His absolute austerity did not match the luxury of the grand house. But both were there, opposite each other. She felt his intense gaze on her face, which shone like an oval light, like a spotlight in that woollen hood that revealed jet black hair. When the tea was served, she pulled down her hood and removed the cape; a servant took it. She was dressed in snow white, and her transparent gaze had lifted a breath of spring. When she brought the cup of tea to her lips, she looked at him.

Her pale face blushed in surprise and a joyful peace of mind that allowed her to breathe. She felt that her soul had expanded: it was because of the gentleman.

He spoke:

—What's the reason for this interesting and surprising

visit? The administrator has charged the dues for the cabin, and I haven't ordered any painted lanterns.

—That's true. I hope I haven't disturbed you with my unannounced visit.

—No, although I don't know why.

A moment imperceptible to any emotion passed. Both knew what would happen, although no words left their lips. They knew the answer as well as the purpose of the visit.

—Some days ago, I received a request to solve a mystery. How to cut down the tallest cedar tree?

—But that is the business of woodcutters, not a painter.

—It is not possible to cut a single tree down without touching the rest and move it down the paths to the sea without spoiling everything —she said, annoyed.

—The person who asked you this should find the solution—he responded loquaciously, speaking very quickly, too quickly to be true.

—I was visited once, well twice, in my cabin and was presented with an enigma about the forest regarding a cedar tree.

—I'll tell you, as it's my job and not yours.

—Then, why did they ask a woman who paints and knows people before creating their paintings? I deal with souls and know nothing about cedars. If you cut the soul of a tree, the forest yields and, if you cut it at the wrong time, it laments and creaks in pain. And this is its life, its only destiny—she said very confidently.

—And to discover it is your light—he said, praising her perfect observation—. And, if the love for a woman is severed, a man's life is amputated.

—How can the love of a woman be cut down?

—With deceit —he said.

—What type?

—Slavery —his voice sounded serious, as he knew her whole story or almost all of it.

—Are you talking about the slavery of a woman tied by the wrist to a board of wood in a ship—she said in a quiet voice.

—Yes —he said.

—A young woman wandering in the sea, attacked by the waves. —tears rolled down her beautiful and delicate face.

—And she was saved by the humble fishermen in my village. When I heard of your arrival and discovered who you were, I did everything to help you.

—Then, a house of light and salvation is the diamond you took to my house?

—Yes. The gold bracelet is to cover your scar, which is like an injury bleeding after a battle.

—You know everything.

—Yes.

—Then, the mystery of the cedar isn't in the forest? — she argued—. It lives in it.

—I looked for you in the village where you were born because the matchmaker knew all your virtues. They were what I wanted.

—But I wasn't picked up by the matchmaker. She was lied to. I was sold in payment for my father's alcohol and gambling debts.

—But I paid that woman who told me about you, for you to come to my house and be my wife. The matchmaker didn't lie; she was robbed and killed before you lost your home. It was the same thief that lost you in the storm. The loan shark had collected money twice from you before selling you to a girl trafficker in the Shimabara quarter, the hole of prostitution with no other alternative to a miserable life. Not in the quarter for adult or sophisticated amusement in Kyoto, for *geishas* and *maikos* that walk around in marvellous lacquered shoes and delicate silk kimonos. The loan shark wanted to get three payments for you. I heard about your story from the villagers. They told me what happened. They had found your cotton bag. I knew who you were by your name written on the fan. A short time later, a messenger arrived asking about the ship and you. They were waiting for you in the city.

—The enigma was not the cedar —she said with a faltering voice and tears running down her face.

—No.

—The enigma was me.

—Yes —he nodded.

—So, now I'll give the jewels back to you. I'm in your hands. With the maximum respect, I ask. What will become of me? You already paid once to bring me. Time has passed, and I have a scar on my arm, now uncovered. Beauty may have departed from my face due to so much pain, and my hands are rough from so much work.

—I already paid, it's true. But that life was shipwrecked. Now you are here. You must feel what you should do. You have a new life. I like to think of you as the promise of an educated and beautiful girl with lotus feet, for my house. Now, I think of you as a young girl finding her way with art, painting, handicraft and the knowledge of the people you paint. Your lanterns are the light of life, and you reveal enigmas. When you discover what unites us and paint it, you will know what to do.

Chapter XVII

THE MEETING

That conversation had been like a snowstorm that swirled past, present and future together. She left the grand wooden house with clay roof tiles. The soft tatami crunched under her feet. When she reached her cabin, it seemed that she had returned to her heart. Everything had finally been revealed.

She could not go back to her family because they had accepted the most indecent thing and thought she was drowned, lost in the ocean after abandoning her on land. If she tried to return, she would again be the elder daughter and be again sold and confined to a definitive disappearance.

Neither could she resort to the fishermen because she had already made use of their generosity.

She had returned from the mountain, and the snow woman had warned her that the solution to the enigma was close. Now she felt all the weight of her effort. She could only stand on her own two feet, once again.

She painted and painted, day and night, until she could

find the firmest of people who had entrusted the soul of the forest to solve their doubts. She walked in the woods and on the soft carpet of pine needles, sitting in front of the totem, contemplating the bear's head, and perceiving its magnificent force. She looked at the faces of the people on the trunk that had been observing her from time immemorial. Inhabitants of Hokkaido who endured even in the immense forest and whose voices could be heard in the whistling of the air through the treetops. She knew all the secrets, the difficult life in the snow, the gentleness of remaining in the wood by anonymous hands that admired and adored them collectively. Now it gave her renewed strength to find resistance and the way to conceive her individuality.

The sea breeze continued whistling through the branches. Through the cedar needles, not only light entered, but the voices of the first inhabitants of the island, of their permanence in the earth. She had gone there to comfort her soul, avoid dispersion and thus recover her Ainu and free human spirit, welcoming and full of hope in simplicity.

Chapter XVIII

THE SEVENTH MONTH

She returned home and concentrated on painting. She chose the most beautiful lantern. It was on the table, awaiting the work of her hands and her paintbrushes. Now she knew exactly what she had to paint.

In the final painting of the lantern, round like the pumpkins she had grown in her childhood, there was an immense wave that buried a ship- a beautiful house full of interior light: A sunny home.

In the background, a large mountain covered with a forest but with its peak bare and rugged, coated with snow, on which a small figure dressed in winter clothing descended.

A marvellous umbrella sheltered a woman, huddled under it with no other protection. It was a *wagasa*, a foldable umbrella with *karakami* paper to which vegetable oils were applied to grease the paper and make it waterproof, and then it was lacquered.

That beautiful Japanese umbrella stood out in the snow. It was like a flower throbbing in that snowy wasteland.

Highlighting its bamboo ribs and the handle wrapped in string. The hands of that woman who was fighting against adversity held it firmly. On the protected *karakami* paper the painting of a *koi*, a carp, a fish able to survive even in unfavourable muddy waters was highlighted. They swim upstream fiercely and express the necessary endurance to accept the changes that she had experienced and which had been complicated before her dreams came true.

In the festivity of the seventh month, lanterns are lit, and the painted carps fly over the cotton fabric backgrounds, graceful like *koinobori*, kites, like flags in the wind. Hanging on the outside of the houses, they bathe the streets with colour. This time, the black and white carp, tenacious and vital, decorates the red umbrella to cope with adversity using beauty.

When she finished, she tidied the workshop, cleaned her hands and got ready to reveal the last enigma happily. She covered it so it nobody could see it, and dressed up warmly. Looking like two balls of silk waiting to flower. She left her cabin behind and departed. She arrived at the grand house, requested to speak with the principal wood merchant and entered. She was in suspense. That is how it was.

Before anything, she wanted to dispel her doubts. When they found themselves face to face, they spent a moment in silence. She uncovered it in without saying a word. At that moment, the mystery of the last enigma was revealed. They contemplated it before lighting it together in the large room with its picture window and the calm sea in the background. He nodded at each drawing, and, in a very soft voice, he named each picture while turning it to see them all. It was the brilliant moment of a beautiful and lasting horizon. There were no longer any doubts. The shipwreck had saved her forever. It had buried one life and given rise to another. Now, both of them would have a life together. They had finally found each other after the overwhelming storm. Soon they would share the bowl of white and humble cereal to symbolise their life together.

Together, they found the right place for the beautiful lantern. They looked at it again with attentive joy. Observing each of the scenes on it, they were confronted with their memories. The past was written on that scarlet ball.

From now on, the umbrella would only be necessary on rainy and snowy days if she had to leave her new and dazzling home. She would no longer need to cover her extreme loneliness. He was opening his arm to her. Now she would be his wife, rescued from the abyss.

The carp could return to its turbulent waters and find its way to clean waters.

The great waves that are born in the ocean will not reach our house.

The fire will feed the frozen snow with its heat and calm.

This marvellous lantern will illuminate our house from now on.

A butterfly is flapping its wings close by and moves away in the blink of an eye.

Days of understanding and joy are coming.

And from the window, we can see how the breeze caresses the tender ears of rice fields.

EPILOGUE

The past no longer matters.

The Red Umbrella takes you to the Sea of Japan, to the island of Hokkaido, the northernmost of the archipelago. The main character travels from the continent, and her life is in danger because of a dangerous shipwreck. She is rescued from the sea by fishermen and welcomed in a village whose inhabitants belong to the Ainu culture. The novel focuses on the transition from her origin to the new home that takes her in. Her life will soon be enriched by the confidence of the villagers, the depth of the forest and the snowy rigour of the mountain. Little by little, she will find reasons to make sense of her everyday life, and in her new environment, she will learn to live intertwining what she knows of her childhood, in her remote home, and the new forms of relationship. In this universe, she will learn words from a language that perpetuates the stories of an ancient culture. Nevertheless, without looking for it, she will be engaged with enigmas that reveal the true nature and the importance of her location on this snowy island. It is an ensemble story, as there are many characters, although none know the superimposed plots in the storyline completely. In the story, you will discover what the shipwreck was really hiding. The novel is the sum of meetings that illuminate the way, like the fireflies with the lanterns making a new constellation. Therefore, we can say that the village is the symbolic location of her new life, and the novel is a fable that refers to her destiny.

Biografía

Rosa Serra Sala. Granollers, 1956. **Recorrido académico**: Formación profesional en delineación. Profesora, Escola Universitària Blanquerna de Barcelona. Filologia Catalana, Universitat de Barcelona. Doctora en Pedagogía: UABarcelona-UdGirona. **Vida laboral**: Trabajo en despacho de Arquitectura, durante nueve años. Dedicación a la docencia durante casi cuatro décadas en los tramos de primaria, secundaria, universitaria y alfabetización de adultos.

Libros publicados en la Editorial Palibrio:

El viatge a Berlín. Un conjunto de biografías unidas por la historia, surgido durante la II Guerra Mundial (*) Ilustración con fotografías de la autora.

Luzazul. Un cuento para mayores en el amor y el desencuentro (*).

Una sonrisa maravillosa. Poemario sobre unas vacaciones en el mar; dedicado a Elena que nació con Síndrome de Down(*).

La Merienda. Un conjunto de relatos sobre el amor a la docencia y la fascinación por las palabras (*).

El paraguas rojo. Novela de contrastes, matices y enigmas: un enjambre de dudas. Edición bilingüe en español e inglés (*).

Bibliografía publicada desde otras fuentes: Desde el Àrea de Pedagogia del Museu de Granollers. Trabajo en equipo: *Canvi i continuïtat de l'ensenyament a Granollers (1867-1994. L'associacionisme a Granollers.*

Para el Doctorado: Estudio para la obtención de la suficiencia investigdora: *L'ensenyament a Granollers durant la II República 1931-1939.*

Entre dos focs. Investigación sobre la ayuda humanitaria de los Quáqueros durante la Guerra Civil en Espanya,1936-1939. Una parte de esta investigación constituyó la lectura y defensa de la tesis doctoral.

Textos de literatura Infantil: *Contes de llum i de lluna.* Un libro de cuentos. Ilustrado per Àuria G. Galceran. *Petit bestiari.* Poemario sobre el mundo natural. Ilustrado por Montserrat Mas.

Libros de literatura para adultos. *Festes rodones.* Poemario navideño, edición bilingüe en catalán e inglés, para que los adultos lo lean para sí mismos o también a los niños y hablen de ello en casa, en la escuela o en la biblioteca(*). *El quadern blau marí.* Conjunto de relatos cortos sobre la experiencia de la adaptación a un nuevo lugar de residencia. *Blan cor.* Poemario de haikus. Ilustrado per Clara Sáez Juste. *Una mar de mars*. Cuaderno de viajes, con el mar de fondo, el océano y su inmensidad (*). *Galeria d'absències*. Poemario sobre la vida, entre la luz y las flores, ilustrado por Mònica Paradís.

Dedicación en vida asociativa afín: Coordinadora del Área de Pedagogía de Museu de Granollers, durante dieciocho años. Coordinadora del Seminario de Literatura Infantil y juvenil del Casal del Mestre de Granollers durante diez cursos. Directora de las Aules Universitàries del Vallès Oriental, tres cursos. En la actualidad, Secretaria del Comité Comarcal de Cruz Roja.

Encargo de Poemas para la Cantata sobre el *Centenari de l'Escola Pereanton* de Granollers.

e-mail: elquadernblaumari@gmail.com

Instagram: @usedda

Printed in the United States
by Baker & Taylor Publisher Services